CIP）数据

英）弗吉尼亚·伍尔夫著；姚瑶译.
公司，2025. 8. -- ISBN 978-7

CIP 数据核字第 2025CH6989 号

夫人
弗吉尼亚 · 伍尔夫

谊出版公司
谊出版公司
店
刷河北有限公司
米×1092 毫米　32 开
140 千字
8 月第 1 版
8 月第 1 次印刷
978-7-5057-6137-7
元
朝阳区西坝河南里 17 号楼
3
64678009

图书在版编目

达洛维夫人 / (
北京 ： 中国友谊出
-5057-6137-7
Ⅰ. I561.45
中国国家版本

书名 达洛
作者 [英]
译者 姚
出版 中国
发行 中国
经销 新华
印刷 易阳
规格 787
8 印
版次 2025
印次 2025
书号 ISBN
定价 50.00
地址 北京
邮编 1000
电话 （010

达洛维夫人说她要自己买花。

因为露西有自己的工作要做。得卸下铰链，把门打开；伦普尔梅耶公司的人要来。还有，克拉丽莎·达洛维夫人心想：多美好的早晨啊——空气新鲜得像恩赐给海滩上的孩子们。

多么优哉游哉！多么义无反顾！因为向来如此。在鲍尔顿时，当她一把推开落地窗，投向户外时，就是这种感觉，开窗时铰链轻微吱呀，那声音如今依旧回荡在耳畔。那里清晨的空气那么新鲜，那么安宁，当然比这里更为平静，一如海浪的轻拍，亦如海浪的亲吻；凛冽，锋利，但也庄严（对于如她那般 18 岁的女孩来说）。站在敞开的窗边，她感到某些可怕的事一触即发。看着花，看着雾气缭绕的树木，看着秃鼻乌鸦展翅高飞又倏忽降落。她就那么站着，看着，直到彼得·沃尔什说："在蔬菜中沉思吗？”——是这句吗？——“比起花椰菜，我更喜欢人。”——是这句吗？某天早上吃早餐时，他——彼得·沃尔什一定说过这么一句话，当时她已经走上露台。最近他就要从印度回来了，她忘了是六月还是七月，因为他的信枯燥乏味，能记住的反而是他说出的话，是他的眼睛，他的小折刀，他的微笑，他的乖戾。当万千事物早已消散殆尽——多奇怪啊！——关于花椰菜的这类话却叫人记忆犹新。

她在路边稍稍挺直身子，等待达特努公司的货车驶过。斯克罗普·普尔维斯认为她是个迷人的女人（他了解她，住在威斯敏斯特的人必然了解自己的左邻右舍）。她有一种鸟的气息，像松鸦，蓝绿色、轻盈、灵动，哪怕她已年过五十，并且生了病后变得格外苍白。她就栖身在那儿，等着过马路，姿态笔挺，压根就没看见他。

毕竟在威斯敏斯特生活了——多少年来着？有二十多年了——哪怕置身车水马龙，或是夜半惊醒，他也会觉得克拉丽莎是一种绝对的存在，一种非同寻常的静谧，或者说庄严；一种难以描述的停顿；一种大本钟[1]敲响前

1　大本钟：英国伦敦议会大厦的钟楼。——译者注，后文若无特殊说明，均为译者注

的悬而未决（但他们说，那可能是由于她的心脏被流感侵袭）。听啊！它轰隆隆地响了。先是预告，悦耳动听；随后报时，不容推翻。沉闷的音圈在空气中消融。我们可真是傻瓜啊，穿过维多利亚大街时，她暗忖。因为只有上天知道一个人为何如此爱它，如何看待它、虚构它，先建造它，再推倒它，每时每刻都在翻新它；但那些衣衫褴褛至极的女子，那些坐在门阶上、因不幸而消沉至极的人（借酒浇愁）也是如此；他们热爱生活——正是基于这一原因，她相当笃定，议会法案也无能为力。在人们眼中，在摇摇晃晃、脚步沉重与长途跋涉之中；在咆哮与喧嚣之中；马车、汽车、公交车、货车，胸前背后挂着广告牌的男人步履蹒跚，摆荡双臂；铜管乐队；手摇风琴；在旗开得胜的狂喜、收音机的口水歌和头顶某架飞机高亢的吟唱之中，正是她所热爱的：生活、伦敦、六月的此时此刻。

眼下正是六月中旬。战争已经结束，只是对大使馆的福克斯克罗夫特太太这类人而言并非如此，昨夜她伤心欲绝，因为她的好儿子惨遭杀害，如今这座古老的庄园宅邸必须归一个表亲所有；还有贝克斯伯勒夫人，他们说她在主持义卖市集开张时，手里拿了份电报，她最疼爱的儿子约翰被杀害了。但战争的确结束了，谢天谢地——结束了。是六月。国王和王后人在宫中。尽管为时尚早，但处处铿锵律动，疾驰的小马热血澎湃，板球拍轻扣；洛德板球场、阿斯科特赛马场、拉尼拉马球场以及其他所有类似场所，灰蓝色的清晨织就柔软的网，将这些地方一一包裹，随着时间推移，这张网徐徐松开，白昼降临草坪与球场，那些活蹦乱跳的小马，前蹄刚一敲击地面即可弹跳而起，翩然旋转的年轻人，以及身着透明棉纱的女孩们开怀大笑，哪怕此刻她们刚刚跳了一整夜的舞，也要带着滑稽的长毛狗跑步；而且，即便是现在，在这个时间，谨慎的年迈孀妇们也坐着汽车出门，执行神秘任务；商店老板们在橱窗里坐立不安地摆弄人造宝石和钻石，他们可爱古老的十八世纪海绿色胸针致力于诱惑美国人（*但她必须节俭，不能冲动地给伊丽莎白买东西*），而她，也同样怀着一种荒谬而忠贞的激情热爱着那些胸针，她本就是其中一分子，因为乔治时代她曾有家人是廷臣，她，也曾那样夜夜笙歌，神采飞扬，容光焕发！今晚也要举办派对呢。可是一步入公园，那种寂静多奇怪啊！那薄雾，那嗡鸣，那缓缓游弋的快乐鸭子，那步履蹒跚的臃肿的鸟儿。而那背对政府大楼，最为得体，带着印有皇家纹章的公文递送箱的人又是谁呢？不是别人，正是休·惠特布雷德，她的老朋友休——可钦可佩的休！

“早上好啊，克拉丽莎！”休相当夸张地打招呼道，因为他们打小就相识了，“你要到哪儿去？”

“我喜欢在伦敦散步，”达洛维夫人回答，“真的，比在乡下散步强多了。”

他们才刚来伦敦——很不幸——是来看医生的。其他人来看画、欣赏歌剧、带女儿们出游，而惠特布雷德夫妇是来“看医生”的。克拉丽莎已经去疗养院探望过伊夫琳·惠特布雷德无数次。伊夫琳又病了吗？伊夫琳的身体状况相当糟糕，休说，但通过某种噘嘴的表情，或是挺起那衣冠楚楚、气概十足、英俊倜傥、仪表堂堂的身体（他总是过于讲究穿着，但大概是必须如此，毕竟他在宫里有个小职务）来暗示妻子略抱小恙，没什么大问题。作为老朋友，克拉丽莎·达洛维夫人无须详说，便能心领神会。啊没错，她当然明白，真是麻烦啊。她内心涌起姐妹般的感情，同时奇怪地注意到自己的帽子。并非适合清晨戴的帽子，是这个意思吗？因为休总让她有这种感觉，他匆匆忙忙赶路，相当夸张地举起帽子，并信誓旦旦地说她恐怕是个十八岁的姑娘。今天晚上他当然会来参加她的派对，既然伊夫琳如此坚持，只是可能要晚一点，等到宫廷派对结束以后，他必须得带着吉姆家的一个男孩过去。在休身边，克拉丽莎总觉得自己有点局促，像个女学生，但依恋他。部分原因是认识他太久太久，但她真心认为，以他自己的立场而言，他是个好人，尽管理查德几乎要被他逼疯了，而至于彼得·沃尔什，他至今都没有原谅她喜欢休。

克拉丽莎能够回忆起鲍尔顿的一幕幕——彼得暴怒；休当然在任何方面都不是他的对手，但也不像彼得编派的那样是个十足的蠢货，他不仅仅是个花花公子。当他的老母亲想让他放弃打猎或是带她去巴斯[1]时，他照做了，毫无怨言，他真的很无私。至于说他没有心，没有脑，只有英国绅士的礼仪与教养——彼得就是这样说的，但那不过是她亲爱的彼得暴露了自己最糟糕的一面。他能让人不堪忍受，也能胡搅蛮缠，但在这样一个早晨，同他并肩而行，则叫人欢喜。

（六月里树上的每一片叶子都展开了。皮姆利科的母亲们给孩子们喂奶。消息从舰队街传向海军部。阿灵顿街和皮卡迪利大街似乎搓热了公园里的空气，热烈而明艳地招展叶片，掀起克拉丽莎所喜爱的波浪，神圣且充满活力。跳舞，骑马，她曾热衷所有这一切。）

她和彼得可能已经分开了好几百年之久，她没写过一封信，而他的信就像枯枝，但是她会突然间想到，要是他现在同我在一起，他会说什么？——有些日子，有些景

1　巴斯：英格兰城市，以温泉和古老的罗马式浴池闻名。

象会平静地把他带回她身边，没有了往日的苦楚，这或许是关照他人的回报。在一个风和日丽的早上，他们回到了圣詹姆斯公园中央——千真万确。但是彼得——无论这一天能有多么美妙，无论绿树与青草有多美，那个穿粉色衣服的小女孩多可爱，彼得从未看到过其中任一。若是她要他看，他就会戴上眼镜，他会去看。他感兴趣的是世界的状态，永远是瓦格纳[1]的乐剧，是蒲柏[2]的诗，是人们的性格，以及她灵魂的缺陷。他训她训得有多狠！他们吵得有多厉害！她会嫁给一个首相，站在楼梯顶端；他称她为完美的女主人（她曾在卧室为此哭泣），她有成为完美女主人的潜质，他说。

由此，她仍能想见自己正在圣詹姆斯公园里争吵，仍然认定自己不嫁给彼得是对的——她也确实是对的。因为在婚姻之中，日复一日共同生活在同一屋檐下的人之间，必须存在一点空间，一点独立。理查德给了她，她也给了他（比方说，今天早上他人在哪里？某个委员会，她从不问是哪个）。但和彼得在一起，必须共享一切，每件事都要深究。这是不堪忍受的，当他们在小花园的喷泉旁爆发

---

1 瓦格纳：理查德·瓦格纳（1813—1883），德国作曲家，首创“乐剧”。
2 蒲柏：亚历山大·蒲柏（1688—1744），英国古典派诗人。

争执时，她必须同他分手，否则他们都会被摧毁，两个人都将万劫不复，对此她深信不疑，尽管多年来她承受着悲伤与痛苦，宛如利箭穿心。随后便是那惊骇一刻，在某次音乐会上，有人告诉她，彼得和一个女人结婚了，是他在去印度的船上认识的！她永远不会忘记那一切！冷酷，无情，假正经，他这样说她。她永远也无法理解他的关爱。但那些印度女人想必能理解——那些愚蠢、漂亮、脆弱的傻瓜。她浪费了自己的同情。因为他对她言之凿凿，说他特别快乐——美满甜蜜，纵然他们曾提及的那些他一样也没能达成；他这一生一败涂地。可这仍然让她愤怒。

她已经走到了公园门口。她站了一小会儿，凝望皮卡迪利大街上穿梭的公共汽车。

如今，她不会对这世上的任何人谈及他们是这样或那样。她感到自己无比年轻，同时又说不出地苍老。她如利刃划破一切，同时又置身事外，隔岸观火。目睹往来的出租车，她总有一种远远离开的感觉，很远很远，远在茫茫海面，孤身一人。她始终有一种感觉，觉得活着真是太危险太危险了，哪怕只活一天。并不是说她自认聪明，或是与众不同。丹尼尔斯小姐给予她们的知识不过区区几根细枝，她无法想象自己是如何凭借这些细枝度过了一生。她什么都不懂，不懂语言，不懂历史，如今她几乎不读书，除了在床上读点回忆录，但对她而言，眼前的一切却引人入胜——所有这一切，比如呼啸而过的出租车。她不会对彼得谈起，她不会对自己谈起，我是如此，我是那般。

她唯一的天赋就是几乎全凭直觉去识人，她想着，继续往前走。如果你把她和某个人一起放在一个房间里，她会像猫一样弓起后背，或是发出惬意的咕噜声。德文郡大厦、巴斯大厦、有陶瓷凤头鹦鹉的那栋大厦，她曾见过它们灯火通明，也记得西尔维亚、弗雷德、萨莉·塞顿——成群结队的人啊，通宵跳舞，马车缓缓驶过，去往市场。她驱车穿过公园回家去。她还记得曾有一回，她将一先令抛入蛇形湖。但人人都会记得，她所爱的就是现在，此地，此刻，眼前这一切，出租车里的胖女士。可这又重要吗，她朝邦德街走去，自问，她的人生将不可避免地彻底终结，可这真的重要吗？没有了她，眼前这一切必将继续运转。她对此怨愤吗？还是说，相信死亡终结一切反而令人欣慰，如此就不会愤怒了？然而，在伦敦的大街小巷，在事物的潮起潮落之中，在这里，或那里，不知为何，她幸存下来，彼得幸存下来，他们活在彼此心中。她确信，她是家中树木的一部分；是那座丑陋低矮、杂乱无章的房子的一部分；是她素未谋面的那些人的一部分；像一团雾，在她最熟悉的人之间弥漫开来，他们用枝丫将她托起，一如她曾见过树木托起雾气，但那薄雾扩散得那么远，她的人生，她自己。可是，当她往哈查尔兹书店的橱窗里张望时，又在梦想着什么呢？她试图找回什么？当她读着摊开的书籍时，想象出了怎样的纯白的乡村黎明啊：

不再畏惧太阳的炙热

也不再畏惧冬日的暴虐[1]。

这世界近来的经验，在所有人，所有男人和女人心中孕育出一口泪水之井。眼泪与悲伤，勇气与忍耐，一种宁折不弯、坚忍不拔的姿态。譬如说，想想她最钦佩的女人——主持义卖的贝克斯伯勒夫人。

那里有《乔洛克的旅行与欢乐》，有《涂满肥皂的海绵》《阿斯奎斯夫人[2]回忆录》以及《尼日利亚大型狩猎记》，全都摊开着。有那么多的书，但似乎没有一本适合带给身处疗养院的伊夫琳·惠特布雷德。没有一本能让她放松身心，让那个无比干瘪瘦小的女人在克拉丽莎进门时展现出片刻热忱，稍后她们便开始聊女性的小毛病，往

---

1 引自莎士比亚戏剧作品《辛白林》第四幕第二场。

2 阿斯奎斯夫人：玛戈特·阿斯奎斯（1864—1945），英国作家。

往没完没了。她是多么希望她走进门时，人们面露愉悦。克拉丽莎思索着转过身，回头朝邦德街走去，心烦意乱，因为做事情好像总得有其他理由不可，委实愚蠢。有一些像理查德那样的人，只是为了做事而做事，她多希望自己也是其中之一，但她呢？等待过马路时她暗忖，有半数时间，她并非简简单单做事，并不是为了事情本身而做，而是为了让人们这样或那样想；她清楚这样很蠢（此刻警察举起了手），因为没有人会上当受骗，哪怕只是一秒钟。哦，如果她能重新活一遍自己的人生，甚至外貌都会截然不同！她这样想着踏上了人行道。

首先，她会像贝克斯伯勒夫人那样肤色黝黑，拥有皮革般褶皱的皮肤与美丽双眸。她会像贝克斯伯勒夫人那样，不疾不徐，优雅庄重，鹤立鸡群，像男人一样对政治兴趣浓厚，有一栋乡间别墅，极有尊严，极其真诚。而她恰恰相反，她瘦如麻秆，一张滑稽的小脸，一张鸟喙般的嘴。她的确将身姿保持得很好，也有漂亮的手与足，虽然她花费不多，但穿着体面。但现在，她常常觉得，她披在身上的这个皮囊（她驻足欣赏一幅荷兰画），这具身躯，连同它所拥有的全部功能，形若无物——完全不存在。她有一种最最奇怪的感觉，觉得自己隐形了，无人看见，无人知晓，没什么婚姻，也没什么孩子，只是和其他人一起，惊人而庄严地前进在邦德街上，只是身为达洛维夫人，甚至不再是克拉丽莎，而是理查德·达洛维夫人。

邦德街让她着迷。在这个季节，清晨的邦德街旗帜飘扬，商店没有液体泼洒后残留的污渍。在她父亲五十年如一日购买西装的店铺里，那一卷粗花呢黯淡无光，珠宝店里有几颗珍珠，鱼店里冰块上有一条鲑鱼。

“正是如此，”她看着鱼店，喃喃自语，“正是如此。”她重复道，在一家手套店的橱窗前停了片刻，战前，可以在这儿买到近乎完美的手套。而她年迈的叔叔威廉常说，人们往往通过鞋子和手套来判断一位女士。战争期间的某天早上，他在床上翻来覆去，说：“我受够了。”至于手套和鞋子，她对手套充满热情，但她的亲生女儿——她的伊丽莎白，则对这两样东西毫不在意。

简直毫不在意，她思索着，继续走在邦德街上，朝一家商店走去。每当她办派对，那家店都会为她准备好鲜花。伊丽莎白真正关心的唯有她的狗。今天早上，整栋房子都弥漫着沥青的气味。尽管如此，可怜的格里兹尔[1]还是比基尔曼小姐强得多；瘟热病、沥青以及与此相关的其他一

1　格里兹尔：伍尔夫本人养的狗的名字，而在本书中，是伊丽莎白所养的猎狐犬，患有瘟热病，因此有时会用沥青进行治疗。

切都比捧着本祈祷书，坐在闷热的卧室里喃喃要强多了！什么都比那要强，她倾向于这样说。但这可能只是一个阶段，正如理查德所说，一如所有女孩儿都要经历。可能是恋爱了。但为什么是和基尔曼小姐？当然她的确受到了恶劣对待，对此必须有所体谅，理查德还说她很有头脑，拥有真正的历史思维。不管怎样，她们形影不离，而伊丽莎白，她自己的女儿，去参加圣餐仪式，至于她怎样穿着打扮，怎样款待来吃午饭的人，伊丽莎白一点儿也不在意。宗教狂热让人变得无情（事业同理）、麻木，这是她的经验。基尔曼小姐会为俄国人做任何事，为奥地利人忍饥挨饿，但私下里却极尽折磨他人之能事，那样的麻木不仁。她总是穿一件绿色的雨衣。年复一年，她穿着那件雨衣，大汗淋漓的。但凡她在房间里，绝对不超过五分钟就会让你感到她的优点，你的不足。她那么贫困，你却那么富裕；她住的是家中没有靠垫、没有床、没有地毯或其他应有之物的贫民窟，她的灵魂完全被那深入骨髓的怨恨锈蚀了，战争期间她被学校解雇——痛苦不幸的可怜人啊！因为人们痛恨的不是她本人，而是她的观念，毋庸置疑，这观念吸收的大量元素并不属于基尔曼小姐。她成为人们会在深夜与之缠斗的幽灵之一，她成为骑在我们头上、吸走一半生命力的幽灵之一，她成为统治者与暴君。毫无疑问，若再掷一次骰子，最上面的不是白色而是黑色，那克拉丽莎肯定会爱上基尔曼小姐！但不是在这个世界上。不是。

不过，这还是令她恼火，竟然让这只残暴的怪物搅乱了内心！在铺满厚重落叶的森林深处，听到细枝断裂的声音，感觉到蹄子落下，这片森林正是她的灵魂；从未完全满足，或彻底安全，因为在任何时候，这头野兽都会搅动骚乱，尤其是自她生病之后，这种仇恨获得了刺激她的力量，令她如芒在背，给她带来身体上的疼痛，并让美丽、友谊、健康、被爱及打造美好家庭中的所有快乐都震动、颤抖并弯折了，就好像有头怪兽在刨着树根一样，就好像完完全全的满足不过就是自恋而已！这仇恨啊！

胡说八道，胡说八道！她冲自己叫喊，同时用力推开马尔伯里花店的旋转门，走了进去。

她往前走去，轻盈、高挑、身姿挺拔，圆脸的皮姆小姐立刻迎接了她。她的手总是鲜红鲜红的，仿佛一直和花一起泡在冷水里。

店里姹紫嫣红：飞燕草、香豌豆、一束束的丁香；康乃馨，铺天盖地的康乃馨。还有玫瑰、鸢尾花。啊，是的——她呼吸着夹杂着泥土芬芳的花园里甜美的气息，同时站在那里同欠她人情的皮姆小姐交谈。皮姆小姐认为她很善良，因为多年前她的确很善良，非常善良。但今年，她看上去老了不少，在鸢尾、玫瑰和一簇簇丁香间左顾右盼，眯着眼，经过街上的喧嚣之后，嗅闻那馥郁的香气与扑鼻的凉爽。随后，她睁开眼，玫瑰看起来多么新鲜啊，就像洗衣房里刚洗完的褶边亚麻布放在柳条盘里；而红色康乃馨，浓郁端庄，昂首挺胸；所有香豌豆都在花钵中盛开，淡紫、雪白、浅灰——仿佛此刻恰逢傍晚，身穿平纹细布连衣裙的女孩们倾巢而出，在夏日美妙至极的白昼过后，出来采摘香豌豆与玫瑰，被近乎蓝黑的天空、飞燕草、康乃馨、马蹄莲所环绕。那是六点到七点之间的时刻，每一朵花——玫瑰、康乃馨、鸢尾花、丁香——都在发光；白色、紫色、红色、深橙色；每一朵花似乎都在朦胧的花坛中自燃起来，柔和而纯净；那些灰白色的飞蛾在香水草和月见草上方来回盘旋，她是那么喜欢它们！

当她和皮姆小姐一起，开始浏览一个又一个花瓶，精挑细选时，她暗暗自语："胡说八道，胡说八道。"语气越来越柔和，仿佛这种美丽，这种香气，这种色彩，以及皮姆小姐对她的喜欢与信任，是一阵海浪，她任凭浪潮从身上涌过，超越那种仇恨、那只怪兽，超越所有这一切；海浪将她高高托起，越举越高，直到——哦！外面的街上一声巨响！

“天啊，这些汽车。”皮姆小姐说着走到窗前看了一眼，而后返回来，抱歉地微笑，手里满是香豌豆，仿佛那些汽车，那些车轮胎，全都是她的错。

吓了达洛维夫人一跳、让皮姆小姐走到窗边并道歉的剧烈爆炸声，来自一辆汽车，就停在马尔伯里花店橱窗正对面的人行道边上。路过的人当然会停下来盯着瞧，但也只来得及瞧见一位顶顶重要的大人物靠在鸽子灰的座椅上，而后一只男人的手拉上了帘子，除了一小块鸽子灰外，就什么也看不见了。

但谣言立刻流传开来，从邦德街中央开始，一侧散播到牛津街，另一侧散播至阿特金森香水店，蔓延得悄无声息，如云朵般迅速，面纱般笼罩山丘，又落在人们脸上。谣言突如其来，确实带着一丝属于云朵的庄重与凝滞。片刻之前，这些面孔还一片茫然。但现在，神秘之翼拂过他们；他们听到了权威的声音；宗教的圣灵显现——紧紧蒙住眼睛，张大嘴巴。但没人知道瞧见的是谁的脸。是威尔士亲王吗？王后吗？首相吗？究竟是谁的脸？没有人知道。

埃德加·J. 沃基斯的手臂上缠着一卷铅管，他掷地有声地说：“首香（相）的叉（车）。”口音当然很滑稽。

塞普蒂默斯·沃伦·史密斯听到了，发现自己无法就这么继续走过去。

塞普蒂默斯·沃伦·史密斯，三十岁左右，面色苍白，鹰钩鼻，穿一双棕色鞋子和一件破旧大衣，生了一双淡褐色眼眸，目光之中的忧惧能让素不相识的人也同样忧惧。世界举起了鞭子，它将落在何处？

一切都停滞了。汽车发动机的震动宛如脉搏的跳动。阳光变得炽热异常，汽车停在马尔伯里花店的橱窗外；坐在双层巴士车顶的老太太们撑开了黑色阳伞；这里一把绿伞，那里一把红伞，“砰”的一声打开。达洛维夫人抱着满怀香豌豆走到窗前，向外张望，粉扑扑的小脸因疑问而皱起来。人人都盯着那辆车。塞普蒂默斯在看。骑自行车的男孩子们猛地跳下车。交通堵塞了。而车就停在那里，窗帘闭合，上面有古怪的图案，像一棵树，塞普蒂默斯思索着，他眼前的一切逐渐向一个中心点汇聚，仿佛某种恐怖的东西就要浮出水面，并且一触即燃，这吓坏了他。世界摇晃、颤抖、濒临燃烧。是我挡着路了吗？他心想。人们难道不是在盯着他瞧，对他指指点点吗？不就是他别有用心地一夫当关，扎在人行道上不走了吗？但是什么用心呢？

“我们走吧，塞普蒂默斯。”妻子说道，她是个娇小的意大利女人，蜡黄的尖脸上嵌着一双大眼睛。

可雷齐娅自己也忍不住去看那辆车和窗帘上的树形图案。车里是王后吗？去购物的王后？

司机钻进了驾驶室，之前他一直在打开着什么，转动着什么，合上了什么。

“走吧。”雷齐娅说。

可她的丈夫——他们已经结婚四五年了——却跳了起来，吓得一激灵，并气呼呼地说：“好吧！”好像她打扰了他。

人们肯定注意到了，人们肯定看到了。人们——她暗忖，看着那群盯着汽车不放的人；那些英国人，带着孩子、马匹与衣物，她在某种程度上很欣赏他们；但现在他们是“人们”，因为塞普蒂默斯说过：“我会自杀。”这是一句可怕的话。假设他们听到了呢？她看向人群。救命，救命！她想向屠夫的伙计和女人们呼喊。救命！不过就是去年秋天，她还和塞普蒂默斯裹着同一件斗篷，站在堤岸路上，塞普蒂默斯光看报纸，却不说话，她则一把抢过报纸，并当面取笑看到了他们的老人家！但失败要藏好。她必须带他到某个公园去。

“我们现在过马路吧。”她说。

她有权挽住他的手臂，尽管并非出于感情。她是如此简单，如此冲动，才二十四岁，在英国没有朋友，为了他离开意大利。他会把手臂这块“骨头”给她的。

那拉上窗帘的车，缭绕着一种难以捉摸的谨慎，驶向皮卡迪利大街，仍被行注目礼，仍然刺激着街道两侧的一张张面孔，人们齐刷刷流露出深沉的敬畏，但对象究竟是王后、亲王还是首相，没有人知道。那张脸仅被三个人匆匆一瞥。甚至性别现在也在争论中。但毫无疑问，坐在车里的肯定是位大人物。大人物正隐秘地经过，沿着邦德街，与普通人仅隔一拳之遥，而此刻，这些人可能是第一次也是最后一次与英格兰的王权、与联邦的永恒象征相距咫尺，待到他日，伦敦荒烟蔓草，这个周三早上所有人行道上行色匆匆之人都化作累累白骨，肉身腐朽成灰，灰烬中混着几枚婚戒以及无数腐坏牙齿的黄金填充物，好奇的古生物学家会淘洗时间的废墟，从而了解此情此景。到那时，便能明了车里的那张脸。

很可能是王后，达洛维夫人暗忖，抱着花走出马尔伯里花店，她认为那就是王后。她沐浴阳光，站在花店旁，而那拉着窗帘的车从距她一尺远的地方驶过时，她的脸上流露出那么一瞬极为庄重的表情。王后去某家医院，王后去参加义卖开幕，克拉丽莎心想。

就一天的这个时间段而言，街上过于拥堵了。洛德板球场，阿斯科特赛马场，拉尼拉马球场，是哪里有活动？她很诧异，因为街道完全堵死了。双层巴士顶端，英国中产阶级侧身坐着，带着小包和雨伞，没错，哪怕在这样的天气里也要穿皮草，她觉得他们才更可笑，更为四不像，远超人们的想象。连王后都停车了，王后也无法通行。克拉丽莎在布鲁克街一侧驻足，老法官约翰·巴克赫斯特爵士止步于另一侧，他们中间隔着那辆车（多年来，巴克赫斯特爵士一直负责颁布法律，并且喜欢衣着漂亮的女人），此刻司机稍稍倾了下身子，朝警察说了或者出示了什么，警察敬礼，举起手臂，猛地一甩头，将双层巴士指挥到一边，这辆车顺利通过了。它缓慢而无声地向前驶去。

克拉丽莎猜到了，克拉丽莎当然清楚，她看到侍从手中拿着的某样神奇的白色圆形物件，是个刻有名字的圆盘——是王后的名字，威尔士亲王的名字，还是首相的名字？——凭借其自身的荣耀，烈焰般荡平前路（克拉丽莎目送车子渐渐远去，消失不见），在当晚的白金汉宫，它将在枝丫般的大烛台、灿烂的繁星、别着橡树勋章的笔挺胸膛、休·惠特布雷德及其所有的同事（英国的绅士们）中间熠熠生辉。克拉丽莎也要举办派对。她略挺了挺身子，她将如此站在楼梯顶端迎客。

车开走了，但仍旧残留一丝涟漪，漾过邦德街两边的手套店、帽子店和裁缝店。三十秒内，所有的脑袋都朝同一个方向倾斜——朝向橱窗。挑选一双手套——是到手肘呢还是更往上呢，柠檬色还是浅灰色呢？——女士们停下脚步，正要决定时，发生了一些事。这些事若是单独发生，简直微不足道，没有任何数学仪器能够记录这些事的振动频率，哪怕它能够传导到遥远的中国；可若综合各方面因素来看，却是件大事牵动着很多人的情感；因为在所有的帽子店和裁缝店里，陌生人无不面面相觑，想到逝者，想到国旗，想到帝国。在后街的一家酒馆里，一个殖民地居民侮辱了温莎王朝，从而引发了口角，打碎了啤酒杯，所有人吵成一团，这骚乱神奇地穿街而过，回荡在为了婚礼而采买的女孩们耳中，她正在买缝制有纯白丝带的白色内衣。皆因那辆途经的车所激起的表层骚动沉淀为了某种深沉幽远的情绪。

车子滑过皮卡迪利大街，转向了圣詹姆斯大街。高个子的男人们，体格健壮的男人们，身穿燕尾服和白内衬、留大背头的体面男人们，出于说不清道不明的缘由伫立在怀特俱乐部的弓形窗前，双手背在礼服后面，向外张望，直觉有大人物正在经过，那不朽的存在所散发的淡淡光辉落在他们身上，一如落在克拉丽莎·达洛维身上。他们当即站得更直了，放下双手，似乎随时能够上前陪伴君主，如果需要的话，他们会行祖先们所行之举，慷慨赴死。背景中的白色半身像和摆着《尚流》杂志及苏打水虹吸壶的小桌子似乎都表示赞同，似乎是暗示着英格兰有着充足的谷物与宽敞的庄园宅邸，又好像它们能够将车轮微弱的嗡鸣传递回来，一如回音壁，单一的声音膨胀倍增后反弹回来，并经由整座大教堂的力量变得雄浑有力。人行道上，裹着披肩的莫尔·普拉特抱着花，祝愿亲爱的男孩一切都好（确定那是威尔士亲王），她是那么无忧无虑，蔑视贫穷，要不是发现警察的眼睛正盯着她，她本想将一束玫瑰抛向圣詹姆斯大街——那相当于一壶啤酒的价格，警察的凝视阻拦了一位爱尔兰老妇的忠诚。圣詹姆斯的哨兵敬礼，亚历山德拉王后[1]的警察表示赞许。

与此同时，一小群人聚集到了白金汉宫的大门前。他们无精打采，但自信满满。他们全都是穷苦人，他们等待着，望着旗帜飘扬的宫殿，望着维多利亚女王[2]的雕像在基座上拔地而起。他们赞美其流水状的底座，赞美天竺葵装饰。他们在林荫道上的汽车中细细甄别，先是这辆，然

1　亚历山德拉王后（1844—1925）：丹麦国王克里斯蒂安九世与王后路易丝的大女儿，英国国王爱德华七世的王后，乔治五世的母亲。

2　维多利亚女王（1819—1901）：曾担任英国女王（1837—1901）和印度女皇（1876—1901），她的雕像耸峙在白金汉宫旁的广场上。

后是那辆，徒劳地将情感寄托在开车出门的平民身上。当一辆又一辆车呼啸而过，他们便召回自己的敬意，以免消耗殆尽，并且自始至终任由谣言在血管中累积。在整个过程中，他们一想到王室在瞅着他们，就不禁胡思乱想，想到王后在鞠躬，亲王在敬礼，想到灿烂美妙的人生被庄严地赐予国王们，想到王室侍从官和深深的屈膝礼，想到女王旧日的娃娃屋，想到玛丽公主[1]嫁给了一个英国人，而王子——啊！王子！他们说他同老爱德华国王[2]完全是一个模子里刻出来的，但要苗条得多。王子住在圣詹姆斯宫，但他很可能会在早上来拜访母亲。

莎拉·布莱切利怀抱宝宝，不停踮着脚，仿佛她人在皮姆利科，在自己家中的壁炉旁边，眼睛却寸步不离紧盯林荫道，而艾米丽·科茨则在王宫的一扇扇窗前逡巡，想着那些女仆，数不清的女仆，卧室，数不清的卧室。一个带着亚伯丁㹴犬的老绅士，一些无所事事的男人，纷纷加入了他们，人群壮大了。在奥尔巴尼公馆有个房间里的小个子鲍利先生，对人生的根源性问题向来三缄其口，却会因为某件事而突然敞开心扉，不合时宜且感情用事。赤贫

1　玛丽公主：维多利亚·玛丽（1897—1965），乔治五世之女，与第六代赫里伍德伯爵结婚。

2　老爱德华国王：指爱德华七世（1841—1910）。

的女人们翘首等待王后经过。赤贫的女人们、可爱的孩童们、孤儿们、寡妇们，战争——啧啧，他的眼里竟然真的有泪水在打转。一阵微风穿过稀疏的树木，和煦地拂过林荫道，吹过青铜英雄雕像，鲍利先生那颗英国心中的旗帜迎风招展，当车转向林荫道时，他举起帽子，随着车辆靠近而高高举起。他让皮姆利科的贫穷母亲们靠近他，昂然挺立。车来了。

科茨太太忽然仰头看天。飞机的轰鸣不祥地钻入人们耳中。它从树后飞来，身后释放出白色烟雾，曲里拐弯的，竟然是在写字！在空中写字！每个人都抬头仰望。

飞机骤然下坠，又直线攀升，盘旋了一圈，冲刺，下落，上升，无论它做什么，无论它飞到哪里，身后都会飘出一道曲折浓密的白烟，在空中蜷曲盘绕成一个个字母。都是什么字母呢？是个C吗？是个E，再是L？它们只能停留片刻，随后便在天幕上位移、溶解、消失殆尽，飞机冲向更远处，又在另一片崭新的天空中开始写K、E，或许是Y。

“葛兰素[1]。”科茨太太说道，语气紧张而敬畏，她直

1　葛兰素（Glaxo）：可能指的是世界制药巨擘葛兰素威康公司的商标，其历史可追溯至十九世纪中叶。

视天穹，而她怀里的小婴儿也同样直视天穹，一动不动，面色苍白。

“克里蒙[1]。”布莱切利太太喃喃低语，恍如梦游者。鲍利先生手举帽子，岿然不动，凝望天空。整条林荫道上，人们无不驻足站定，仰望天空。在他们张望时，整个世界沉寂下来，一群海鸥飞跃天际，先是由一只海鸥领头，随后是另一只，在这异乎寻常的寂静与和平中，在这一片苍白的面色之中，一片纯净心灵之中，钟声响了十一下，钟声消散在海鸥群中。

飞机转弯、加速、俯冲，完全随心所欲，敏捷、自由，像个滑冰者。

“那是个E。”布莱切利太太说。或者说是个舞者。

“是太妃糖。”鲍利先生低声说。

（汽车驶进了大门，压根没有人看它）烟雾熄止，飞机渐行渐远，烟雾渐渐消匿，环绕着一朵朵宽阔的白云，汇入其中。

飞机离开了，隐入云朵背后。声音不见了。那些字母E、G或L依附云朵，自由飘移，仿佛注定要从西方飘向

---

1 克里蒙（Kreemo）：可能为一种乳脂商品的商标。布莱切利太太认为飞机上写的是这一商标。

东方，去履行一个重大使命，这使命永远也不会被揭晓，但确凿无疑——一个重大使命。而后突然间，如火车冲出隧道，飞机再次冲破云层，声音钻入身处林荫道、格林公园[1]、皮卡迪利大街、摄政街、摄政公园的所有人耳内。烟雾蜿蜒于机身后方，它下落、它回升，写出一个又一个字母——但它在写什么单词呢？

雷齐娅·沃伦·史密斯抬头去看，她正和丈夫并肩坐在摄政公园宽阔步道的长椅上。

“看啊，看啊，塞普蒂默斯！”她喊道。因为霍姆斯医生告诉过她，要让丈夫（他没什么严重的毛病，只是有点情绪不佳）对外界的事物产生兴趣。

于是，塞普蒂默斯仰头张望，想着：他们是在向我发信号。当然不是用真正的文字，也就是说，他还无法读懂这种语言，但它足够坦白。这美丽的语言，这精致美丽的语言！凝望烟雾文字在空中渐渐淡化、消融时，他热泪盈眶，它们以无尽的仁慈与满含笑意的善意，将一个又一个难以想象的美丽形状赐予他，并向他传达它们的意图，为他提供美，提供更多的美，别无所求，永不休止，只为让

1　格林公园：伦敦市内公园，与圣詹姆斯公园比邻，原为英国王室花园，白金汉宫即在其中。

他看一眼！泪水滑落脸颊。

是太妃糖。他们在给太妃糖做广告，一个保姆告诉雷齐娅。于是她们一道开始拼写 t、o、f。

“K、R”保姆念念有词，塞普蒂默斯听到她在他耳畔说“凯·阿尔”，声音低沉柔和，像一架音色醇厚的风琴，但她的声音里又带有一丝蚱蜢般的粗粝，这一丝粗粝美妙地摩擦过他的脊椎，将声浪汩汩传入大脑，在颅内震荡，碎裂。真是不可思议的发现——人类声音在某种大气条件下（身而为人必须讲科学，科学至上）能使树木复苏！雷齐娅欣欣然重重将手覆在他膝盖上，因此他被压住了，动弹不得，否则榆树婀娜摇摆的那股激动兴奋非让他发疯不可——每一片叶子都闪闪发光，颜色时浅时深，渐渐由蓝色变成海浪般的绿，如同马头上的鬃毛，女士们头上的羽饰，它们如此骄傲地摆荡，如此壮观。但他不会疯掉。他会闭上眼睛，他不会再去看。

但它们在召唤，叶是活的，树是活的。叶片通过数百万根纤维同他的身体连在一起，扇动他的身体，就在这张椅子上，上下摆荡；当树枝伸展，他也做出相同的动作。在锯齿状喷泉中振翅、高飞、降落的麻雀是这图案的一部分；蓝白相间，点缀着黑色树枝。声音有预谋地形成和声，不同声部间的空拍同声音一样重要。有个孩子哭了。

远处刚好响起一声鸣笛。所有这些叠加在一起，意味着一个新宗教的诞生——

“塞普蒂默斯！”雷齐娅开口。他陡然一惊。人们一定会注意到。

“我要走到喷泉那边再回来。”她说。

因为她再也无法忍受了。霍姆斯医生可能会说没什么事。她真宁愿他死了！每当他那样目不转睛，却看不见她时，一切都显得那么可怕，她无法安坐在他身旁。天空和树木，孩子们玩耍，拉着小车，吹着口哨，摔倒，一切都很可怕。而他不会自杀，她也无人可诉。“塞普蒂默斯工作太辛苦了”——这是她唯一能对自己母亲说的。爱让人孤立无援，她想。她无法告诉任何人，现在就连塞普蒂默斯也不能告诉，回头望去，她看到他独自坐在长椅上，裹着寒酸的大衣，耸肩驼背，目不转睛。若是一个男人说出要自杀这种话，那就是懦弱，但塞普蒂默斯曾经战斗过，他很英勇。现在他不是塞普蒂默斯了。她戴上蕾丝领，她戴上她的新帽子，而他从来都注意不到。没有她时，他是快乐的。可没有了他，什么也无法让她快乐！什么都不行！他可真自私。男人都这样。因为他根本没生病。霍姆斯医生说了他没有毛病。她在眼前摊开手。看哪！她的结婚戒指滑落下来——她瘦了这么多。受苦的明明是她，但她无人可诉。

意大利山高水远，那些白色的房子，姐姐端坐其中做帽子的那个房间，都那么遥远，每天晚上街上都挤满了行人，人们放声大笑，不像这里的人这样半死不活，蜷缩在巴思轮椅上，看着困在花盆里的那几朵丑花！

“你真应该看看米兰的花园。”她大声说。但又是对谁说呢？

没有人。她的话语烟消云散，以火箭般的速度。它的火花照亮了通往夜晚的路径，但很快又向夜晚臣服，黑暗降临，浸染房屋与高塔的身影，暗淡的山坡变得柔和，放下了身段。然而，尽管它们看不见了，夜晚却处处是它们。剥夺了色彩，隐没了窗户，它们更为沉重地存在于世，释放出一览无余的日光所无法传递的东西——黑暗中聚合的麻烦与悬而未决，在黑暗中缩成一团，缺乏黎明带来的宽慰。当黎明将墙壁洗成白色与灰色，装点每一扇玻璃窗，在田野上升起雾气，显露出红棕色的奶牛平静吃草时，一切又再一次粉饰于眼前，再一次存在。我很孤单，我很孤单！她在摄政公园的喷泉旁哭喊（盯着那个印度人和他的十字架），就好像是在午夜，当所有边界悉数消失，国家恢复其古老的形态，正如罗马人登陆时所见到的那样，模糊不清。当他们登陆时，山丘没有名字，河流蜿蜒，他们不知它会流向何处——这就是她的黑暗世界。突然间，仿佛大陆架被推了出去，她站在上面，她讲述自己怎样成了他的妻子。多年前他们在米兰结婚，作为他的妻子，她永远永远都不会说出他疯了！她转过身，大陆架倾覆，她往下掉啊掉啊。因为他走了，她心想——走了，正如他威胁的那样，自杀——纵身扑入马车底下！但是不！他还在那里，仍旧独自坐在长椅上，裹着寒酸大衣，交叉双腿，目不转睛，自言自语。

人类绝不能砍树。有上帝存在（他在信封背面记录下这样的启示）。改变世界。没人因仇恨而杀人。公之于众（他写下来）。他等待。他倾听。一只麻雀停在对面的金属栏杆上，叽叽喳喳叫“塞普蒂默斯”“塞普蒂默斯”，叫了四五次，继而用希腊语歌唱着世间没有罪行。它精力充沛，嗓音尖锐，拉着长音。另一只麻雀加入进来，拖着长音，刺耳地用希腊语唱着，唱着世上没有死亡，这吟唱来自河对岸生命牧场里的树木，亡者在那里彳亍。

他的手在那儿，亡者在那儿。白色的事物在对面的金属栏杆后聚集。但他不敢看。埃文斯就在栏杆后面！

“你在说什么？”雷齐娅坐到他边上，突然问道。

又被打断了！她总是打断他。

远离人群——他们必须远离人群，他说（一跃而起），立刻到那里去，在那里，树下有椅子，公园里一路降下去的长坡宛如一段绿色布料，蓝色和粉红色的烟雾织成高悬的天幕，参差不齐的房屋组成了城墙，烟雾缭绕，车流嗡鸣着在圆圈里打转。右侧，暗褐色的动物们把长长的脖子伸过动物园的栅栏，狂吠、长嗥。在那里，他们坐在树下。

“看呀。”她指向一小队带着板球门柱的男孩，恳求他看。他们带着板球门柱，其中一个男孩拖着脚走，后脚跟踮地快速转圈，仿佛是在杂耍戏院里扮演小丑。

“看呀。”她恳求他，因为霍姆斯医生告诉她，要让他注意真实的事物，去杂耍戏院、打板球，霍姆斯医生说，这就是最合适的活动，相当不错的户外活动，最适合她的丈夫。

“看呀。”她重复道。

那正同他沟通的无形之声吩咐他看，他是最伟大的人类，塞普蒂默斯。他刚刚经历过从生到死，是前来更新社会的上帝；他如床罩般躺着，是唯有太阳才能鞭挞的雪毯；他永不疲惫，永远受苦，是替罪羊，是永恒的受难者。但他不想如此，他呻吟，他挥手驱散那永恒的痛苦，永恒的孤独。

“看呀。”她重复道，因为他绝对不能在外面大声自言自语。

“哦，看呀。”她恳求他。但有什么可看的呢？不过几只羊。仅此而已。

去摄政公园地铁站的路——他们能告诉她去摄政公园地铁站的路吗——梅茜·约翰逊想知道。两天前她才刚从爱丁堡来。

“不是这边——那边！”雷齐娅喊道，挥手让她去另一边，免得她看到塞普蒂默斯。

这俩人看着都挺怪的，梅茜·约翰逊心想。每件事看起来都很古怪。她初次来伦敦，要去利德贺街的叔叔那里就职，此刻穿过摄政公园，坐在椅子上的这对夫妇吓了她一大跳。那个年轻女人似乎是外国人，男人看起来很古怪；以至于即便到垂垂老矣，她仍会记得这一幕，并能在纷纷回忆之中再度迅速想起此事，她会记得，在五十年前一个美好的夏日早晨，她是如何走过摄政公园。因为她才十九岁，终于如愿以偿来到伦敦；而眼下，她问路的这对夫妇是多么古怪啊，那女人吓了一跳，猛烈摆手，而那男人——他简直太奇怪了。或许是在吵架，或许是彻底分手，肯定有事发生，她知道的。眼下所有这些人（因为她回到了宽步道上），这些石盆，这些端庄的花朵，年迈的男人和女人，大多都是坐在巴思轮椅上的久病衰弱者——

同爱丁堡相比，一切都显得那么古怪。梅茜·约翰逊加入了那群人，她拖着沉重的步伐缓慢行走，心不在焉地凝视他方，微风吻过面庞——松鼠停留，梳理皮毛，麻雀在喷泉中振翅寻找面包屑，狗狗们围着栏杆和彼此打转。与此同时，温柔又温暖的空气冲刷过他们，给他们面对生活时那种无动于衷的凝视平添了一些异想天开与平静柔和——梅茜·约翰逊确信自己必须得大喊一声“哦！”（因为那个坐在椅子上的年轻人吓了她一大跳。有事发生了，她知道的。）

真吓人！真吓人！她想喊出来。（她离开了亲友，他们警告过她会发生什么。）

为什么她没留在家里呢？她哭起来，扭动着铁栏杆上的圆球把手。

邓普斯特夫人（她为松鼠储存面包皮，常在摄政公园吃午餐）心想：那个女孩还一无所知。她是真心觉得还是得稍微胖一点，稍微松弛一点，别对生活过度期待，这样比较好。珀西喜欢喝酒。嗯，有个儿子更好，邓普斯特夫人想。她过得很艰难，忍不住对那样的女孩微笑。你会结婚的，因为你足够漂亮，邓普斯特夫人想。结婚吧，她想，然后你就知道了。哦，那些厨子等等，每个男人都有自己的方式。可是，若是早知如此，我还会那样选择吗？

邓普斯特夫人暗忖，不禁想悄悄送梅茜·约翰逊一句话。她想让自己那张疲惫苍老、皱纹密布的脸颊感受到怜悯的一吻。因为活着太难了，邓普斯特夫人想。她还有什么不曾倾囊相付？玫瑰、身材，还有她的脚。（她把裙子下疙疙瘩瘩的肿胀双脚往回缩了缩。）

玫瑰，她讽刺地想。都是垃圾，亲爱的。毕竟实际上，生活事关吃喝与交配，坏日子和好日子，早已不光是玫瑰花了，而且更重要的是，我告诉你，卡丽·邓普斯特绝对不愿同肯蒂什镇的任何女人交换命运！但是，她恳求、怜悯。她乞求怜悯，为失去的玫瑰。她请求驻足风信子花坛旁的梅茜·约翰逊怜悯她。

啊，但那架飞机！邓普斯特夫人不是一直渴望看看异国风光吗？她有个侄子，是传教士。飞机翱翔、俯冲。她总是去马盖特出海，不会离大陆太远，但她对那些怕水的女人毫无耐心。飞机横扫、下降。她的心提到了嗓子眼。又升了上去。飞机上有个不错的小伙子，邓普斯特夫人敢打包票。飞机远远地飞走了，动作迅速，消失无踪，冲向了更远更远的地方，飞越格林尼治和所有的天线塔，飞过灰色教堂组成的小岛，包括圣保罗大教堂和其他教堂，直到伦敦城的两边。田野铺开，深棕色树林里热衷冒险的鸫鸟大胆跳跃，飞速一瞥，一举抓住蜗牛，往石头上敲打，一下，两下，三下。

飞机一往无前，冲向远方，直至化作一星耀目的火花、一个渴望、一种浓缩、人类灵魂的象征（本特利先生就是这么看的，他正精力旺盛地在格林尼治滚草皮）；象征他决心借助思想、爱因斯坦、推断、数学和孟德尔氏遗传学说来脱离肉体，远走高飞，本特利先生一边绕着雪松清扫一边想着——飞机飞向了他方。

而后，一个毫无特征的邋遢男子夹着皮包杵在圣保罗大教堂的台阶上，犹犹豫豫的，因为教堂里有慰藉人心的事物，多么热烈的欢迎，多少墓碑上方飘扬着旗帜，是胜利的象征，不是战胜军队，而是战胜了那追求真理的可恶精神。他心想：正是这精神让我此刻丧失了工作，而且不止如此，大教堂提供陪伴，邀请你成为社团的一员，伟大的人物属于它，殉道者为它而死。为什么不进去呢？他一边想着，一边把塞满小册子的皮包放到祭坛前，放到十字架前，它们所象征的某种事物已经超越追寻、探求及草草拼凑的语言，成为纯粹精神，脱离了肉体，如幽灵一般——为什么不进去呢？他思索着。就在他于门口踌躇不决时，飞机飞过了卢德门环形广场上空。

真奇怪，一片阒然。除了车来车往，再听不到任何声响。好似无人操控，随心所欲，急速飞行。此刻，它不断盘旋上升，直冲云霄，仿佛陷入狂喜，心花怒放，因此节节攀升，身后喷出一圈圈白烟，写出一个 T，一个 O，一个 F。

“他们在看什么呢？”克拉丽莎·达洛维问给她开门的女佣。

这栋房子的门厅阴凉如墓穴。达洛维夫人将手举到眼睛上方，女佣关上门，她听到露西裙子的沙沙声。她感觉自己像个远离尘世的修女，感受到熟悉的面纱将她包裹，往昔的祷告得到回应。厨房里传来厨师的口哨声。她听到了打字机的咔嗒声。这是她的生活，她朝门厅的桌子低头，因此连带着俯身弯腰，感觉受到了祝福和净化，拿起记录了电话留言的便签簿时，她对自己说：这样的时刻是生命之树上的花蕾，是黑暗之花（仿佛某朵美丽的玫瑰只为她的双眼而绽放）。她思忖：她一刻也不相信上帝，但这样更好，她思索着拿起便笺。一个人必须在日常生活中回报自己的仆人，没错，还要回报狗和金丝雀，最重要的是回报她的丈夫理查德，他是这一切的根基。欢声笑语，绿色灯光，甚至厨师的口哨，因为沃克太太是爱尔兰人，整天吹口哨。生而为人，必须回报这些悄然储存的美好时刻。她思索着举起便笺，露西就站在她旁边，试图解释怎么回事。

“夫人，达洛维先生——”

克拉丽莎继续看通讯便签簿，“布鲁顿夫人想知道达洛维先生今天是否会和她共进午餐。”

“夫人，达洛维先生让我告诉您，他要在外面吃午饭。”

“天哪！”克拉丽莎惊呼，露西如她所愿，分享了她的失望（但并非痛苦）。她感受到彼此间的和谐，领会了暗示。她思考贵族们如何相爱，平静地美化自己的未来。她拿起达洛维夫人的阳伞，宛如手持一件神圣武器，那是女神在战场上光荣作战后卸下来的，她放进了伞架中。

“无须害怕了。”克拉丽莎说。无须害怕太阳炙热，因为布鲁顿夫人撇开她只邀请理查德一人共进午餐，使得她伫立的身躯这一刻颤抖起来，好似河床上的一株植物感受到船桨划过的震动，于是颤抖起来。她就这样摇晃，她就这样颤抖。

米莉森特·布鲁顿没有邀请她，据说她的午餐派对特别有意思。没有什么庸俗的嫉妒能将她和理查德分开。但她惧怕时间本身，并在布鲁顿夫人的脸上看到了生命的消逝，那张脸就像是刻在冰冷石头上的表盘。看到年复一年，她所拥有的时间是如何遭到削减，所剩无几的那一点边角料再也无法像年轻时那样延伸，那样吸收生活的色彩、盐分与音色，因此她进入的房间便充满她的气息。每当她杵在客厅门口，片刻犹豫之时，常常感到一种美妙的悬念，就像潜水员在纵身入水前可能也会这样停驻片刻，海洋在他脚下明灭交织，海浪做出碎裂之势，却只是轻柔地分开表层，珍珠般的浪花翻搅海草，海浪翻涌，交叠。

克拉丽莎将便签簿放回门厅的桌上。她开始慢慢上楼，手扶着栏杆，仿佛她刚刚离开派对，而派对上这个朋友、那个朋友正回味她的脸，她的声音；带上门，走出去，独自伫立，形影相吊面对可怕的夜晚，或者更精确点说，面对这麻木不仁的六月早晨的凝视；对某些人来说，这目光是温柔的，散发玫瑰花瓣的光芒。她知晓，并且感觉到了，楼梯上的窗户敞开着，因而百叶窗相互拍打，犬吠传来，也同样将这一整天的磨砺、挫折送入屋内，她觉得自己忽然间枯萎，苍老，干瘪了胸部，她觉得自己在门外、在窗外，灵魂出窍。但现在她感觉不到了，都是因为布鲁顿夫人没有邀请她参加午餐派对，据说非常有意思。

像是修女隐退，或孩子探索塔楼，她举步，上楼，在窗前逗留片刻，来到浴室。浴室里有一块绿色的油毡和正在滴水的水龙头。生活的核心有一种空虚，一间阁楼。女人们必须脱下华服。正午时分，她们必须脱去礼服。她刺穿了针垫，把装饰有羽毛的黄色帽子放在床上。床单很干净，如一条白色的宽带子，紧绷绷地从一侧拉到另一侧。她的床很窄。蜡烛烧到了一半，她深深沉迷于马尔博男爵的回忆录。她在深夜读到从莫斯科撤退这一段。因为议员开会时间太长，所以在她生病以后，理查德坚持她必须不受打扰地睡觉。但真的，她还是更喜欢读从莫斯科撤退的故事。他心知肚明。所以这个房间是个阁楼，床铺狭窄。由于她睡眠很差，因此躺在那里读书，她无法驱散生育后保留下来的纯洁感，这纯洁感如床单一般裹住她不放。少女时代，她是那么可爱，突然就出现了这样一个时刻——就好比身处克莱夫登树林脚下的河流上——在那一刻，因为某种冷漠的性情，她辜负了他。随后在君士坦丁堡，一次又一次反复。她看得出自己缺少什么。不是美貌，不是头脑，是某种渗透全身的核心力量，某种温暖的东西，某种能够破土而出，使得男女之间或女人之间那冷冰冰的接触涌动起来的东西。对此，她隐约有所感知。她痛恨这一点，并且怀有一种顾忌，天知道它从何而来，或者按她自己的感觉，是大自然所赐（自然向来明智）。但有时，她却忍不住要屈服于女人的魅力——不是女孩儿，而是向她忏悔自作自受的困窘、忏悔愚昧的女人，她们常常对她忏悔。无论是由于怜悯、她们的美貌，还是因为她年长，抑或是纯属巧合——像一阵淡淡的清香，或者隔壁的小提琴声（在某些特定时刻，声音的力量是多么神奇啊），她确确实实在那样的时刻体会到了男人的感觉。只是片刻，但足够了。这是一种顿悟，一种类似脸红的色调，人们试图抑制，但随着它不断扩散，人们只能任由它蔓延，任其冲向最渺远的边缘，在那里哆哆嗦嗦，感受到世界越发迫近，鼓鼓囊囊地充斥着某种惊人的意义，某种欢天喜地的压力，撑裂它薄薄的皮肤，喷涌而出，将那非凡的疗愈倾泻在裂隙与伤口之上！而后，就在那个当下，她看到了一处光亮，一根火柴在番红花中燃烧，一种内在的意义呼之欲出。但那个时刻戛然而止，坚硬之物变得柔软。过去了——那一刻。与这样的时刻（也包括同女人在一起的时刻）相对照的是（她放下帽子）床，是马尔博男爵和烧了半截的蜡烛。醒着躺在床上，地板嘎吱作响，灯火通明的房子忽然一片漆黑，如果她抬起头，就能听到理查德尽量轻手轻脚打开门把手的咔嗒声，他穿着袜子悄然上楼，然后，弄掉他的热水瓶并咒骂，经常这样！她笑出声来！

但有关爱的这个疑问（她想着，把外套放到一边），爱上女人的疑问，就拿萨莉·塞顿举例吧，过去她同萨莉·塞顿的关系，总而言之，那难道不算爱情吗？

她坐在地板上——那是克拉丽莎对萨莉的第一印象——她坐在地板上，双臂抱膝，抽着烟。那能是在什么地方呢？曼宁家？金洛克 - 琼斯家？在某个派对上（是哪里呢，她无法确定），她清晰地记得对她身边的男人说：“那是谁？”他告诉了她，并说萨莉的父母关系不好（这话让她震惊——父母竟然会吵架！）。但那一整晚，她都无法将目光从萨莉身上移开。那是一种异乎寻常的美，是她最为欣赏的那种，黑发、大眼睛，弥漫着一种总让她羡慕的特质，因为她自己身上并不具备——一种放纵感，好像萨莉可以说任何话，做任何事，比起英国女人，这种特质在外国女人身上更常见。萨莉总是说她的血管流淌着法国人的血，她的一个祖先曾跟随玛丽·安托奈特[1]，被砍了头，留下一枚红宝石戒指。或许是那个夏天的某一晚，晚饭过后，她出乎意料地走进来，身无分文，留在了鲍尔顿小住，这种举动让可怜的海伦娜姑妈不悦，以至于从未原谅她。她的家里发生了可怕的争吵。那天晚上，她去找他们时，身上真的是一个子儿也没有——她典当了一枚胸针才得以过来。她是一怒之下冲出家门的。她们聊了整整一夜。是萨莉让她第一次感受到，在鲍尔顿的生活被保护得多么密不透风。她对性一无所知，对社会问题一无所

1　玛丽·安托奈特（1755—1793）：法国国王路易十六的妻子，死于法国大革命，具体可参见茨威格所著《断头王后：玛丽·安托奈特传》。

知。有一次，她曾看到一个老人突然在田里倒地身亡——她见过刚生下小牛的母牛。但海伦娜姑妈从不喜欢讨论任何事（萨莉给她威廉·莫里斯[1]的书时，必须得用牛皮纸包起来）。她们坐在那里，在房子顶层的卧室里聊天，一小时又一小时，聊生活，聊她们要如何改革世界。她们打算建立一个废除私有财产的社会，并且真的写了一封信，尽管没有寄出。这些想法当然是萨莉的——但很快她也变得同样兴奋——早餐前躺在床上读柏拉图，读莫里斯，读雪莱，一读就是好几个小时。

萨莉的力量是惊人的，她的天赋、她的个性亦如此。比如她对待花的方式。在鲍尔顿，她们总是把硬邦邦的小花瓶沿着桌子摆上一溜。萨莉去门外，摘了蜀葵、大丽花——各种各样从来不会一起出现的花——剪掉花头，让它们漂浮在水碗上。若是日落时分步入餐厅，效果好极了。（当然，海伦娜姑妈认为如此对待鲜花实属邪恶。）还有她忘了拿海绵，赤身裸体地跑过走廊。那位严苛的老女仆艾伦·阿特金斯常常抱怨："要是哪位先生瞧见了可怎么办？"她的确让人瞠目结舌。她这人不修边幅，爸爸说。

---

1 威廉·莫里斯（1834—1896）：英国诗人、小说家、社会主义活动家。

如今回望，怪异的是她对萨莉那份感情的纯粹与完整，和对男人的感情截然不同。那感情是全然无私的，而且，它有一种只能存在于女人之间的特质，且限于刚刚长大成人的女子。对她而言，这份感情是具有保护性的，生发于一种结成联盟的感觉，一种注定有某种东西要将她们分开的预感（她们总是把婚姻说成灾难），从而诞生了这样一种骑士精神，这样一种保护欲，在她心里，这种感觉比萨莉的要更浓烈。因为在那些日子里，她完全不计后果，虚张声势地做出最愚蠢的事，绕着露台的女儿墙骑自行车，抽雪茄。荒唐，她——荒唐至极。但这份魅力令人折腰，至少对她来说是这样，以至于她还能记得，自己站在房子顶层的卧室里，手持热水壶，放声说："她就在这屋檐下……她就在这屋檐下！"

不，这些话现如今对她而言毫无意义。她甚至无法获得旧日情感的回响。但她还能记得因兴奋而发冷，怀着一种狂喜的心情打理头发（此刻，当她取下发夹，放到梳妆台上，开始梳理头发时，往日的感觉开始复燃）。粉色的暮光中，秃鼻乌鸦上下翻飞。她穿上衣服，下楼，穿过大厅时感到"如果此刻便是死期，那将是最大的幸福"。那就是她的感受——奥赛罗式的感受，而且她确信，她所感受到的，同莎士比亚想让奥赛罗感受到的同样强烈，都是因为她穿着白色连衣裙下楼吃饭，去见萨莉·塞顿！

她穿了粉色纱罗——那可能吗？但不管怎样，她似乎都是神采奕奕，光芒四射，像某种鸟类或气球，飞进屋来，短暂依附在黑莓灌木上。只是，当一个人坠入爱河（除了坠入爱河还能是什么），再没有什么比其他人彻头彻尾的无动于衷更奇怪了。晚饭后海伦娜姑妈就走开了，爸爸则看起了报纸。彼得·沃尔什可能在场，还有老小姐卡明斯，约瑟夫·布莱特科夫肯定在，因为他每年夏天都来，可怜的老人家，他会待上一周又一周，假装和她一起读德文，但实际上是弹钢琴，心里默默地唱勃拉姆斯[1]的曲子。

这一切只是萨莉的背景。她站在壁炉旁，同爸爸交谈，嗓音悦耳，使她说出的每一句话都如同爱抚，爸爸开始不情不愿地被她吸引（他借给她一本书，结果发现书在露台上湿透了，对此他从未释怀），她忽然说："坐在室内真是太可惜了！"于是他们都去了露台，来回散步。彼得·沃尔什和约瑟夫·布莱特科夫继续谈论瓦格纳。她和萨莉稍稍落在后面。随后，她们经过一个装满鲜花的石瓮，她一生中最为美妙的时刻出现了。萨莉停下脚步，摘了一朵

1　勃拉姆斯（1833—1897）：德国古典派作曲家。

花，亲吻了她的嘴唇。整个世界仿佛倒转过来！其他人消失了，只剩她和萨莉两人。她感到自己得到了一件礼物，包了起来，被告知只能保存，不要去看——一颗钻石，某种无比珍贵的东西，包裹着，随着她们往前走（上上下下，上上下下），她打开来，或是光芒径自穿透出来，是神示，是宗教般的感情！——当老约瑟夫和彼得面对她们时：

“看星星？”彼得问。

这就好像在黑暗中有人将脸撞上了花岗岩墙壁！太震惊了！太吓人了！

不是为自己。她只感到萨莉遭受了多么粗暴的对待，那简直是虐待。她感到他的敌意，他的嫉妒，往她们的友谊里横插一脚的决心。她看到所有这一切，就像人们于电闪雷鸣之中看到一片风光——而萨莉（她前所未有地仰慕她！）勇敢地我行我素，毫不退让。她哈哈大笑。她让老约瑟夫告诉她那些星星的名字，而他真的很乐意效劳。克拉丽莎站在那里，她倾听。她听到了那些星星的名字。

“哦，真可怕啊！”克拉丽莎自言自语，好像一直都知道会有什么东西前来搅扰，给她的幸福时刻平添烦恼。

然而，之后她终究亏欠了他那么多。总是如此，每当想起他，就会莫名其妙想到他们的争吵——或许是因为她太渴望他的好感了。她感谢他的评语："多愁善感""文明礼貌"；这些话开启了她生活中的每一天，仿佛是他在守护她。读的书是伤感的，对生活的态度是多愁善感的。也许，她回忆过往，的确是"多愁善感"。等他回来的时候，他会怎么想呢，她很想知道。

她变老了？他会说这个吗，或者当他回来的时候，她会发现他认为，她变老了？这是事实。自从生病后，她的头发几乎全白了。

她把胸针放到桌上，突然哆嗦了一下，仿佛在她沉思时，冰凉的爪已经有了操纵她的机会。她还不老。她才刚满五十二岁。这一岁里还有好几个月没过呢。六月，七月，八月！每一个月份还都完好无缺！仿佛是要抓住落下的水滴，克拉丽莎（走向梳妆台）纵身投入这一刻的中心，定格住，在那里——这个六月早晨的一刻，这个早晨承载着所有其他早晨的压力。她重新审视镜子、梳妆台和所有瓶瓶罐罐，将整个自我集中于一点（她看着镜子），看到了那张脆弱的粉色脸庞，属于将在当晚举办派对的那个女人，属于达洛维夫人，属于她自己。

她已经看过自己的脸几百万次了，总是带着难以察觉的收敛！照镜子时她噘起嘴。这样是为了给自己增添特征。那是她的自我——尖锐，宛如飞镖，清晰明确。那是她的自我，当某种努力，某种要求，要她做自己，把各个部分拼凑起来时，只有她才知道那些部分有多么不同，多么不相容。要让世界像这样组合起来，化作一个中心，一颗钻石，一个坐在她的起居室里、成为交汇点的女人，或许是某些人黯淡生命中的一道光辉，是向伶仃之人敞开的避难所。她帮助过年轻人，他们对她心存感激；她试图始终如一，从不表现自己所有其他方面的特质——过错、嫉妒、虚荣、猜疑，比如对布鲁顿夫人没有邀请她共进午餐的不快。她认为（终于梳起了头发），这也太卑鄙了！哎呀，她的裙子在哪呢？

她的晚礼服挂在衣柜里。克拉丽莎把手伸进柔软的衣料，轻轻取下绿色的裙子，拿到窗前。她早前把裙子撕破了。有人踩了裙摆。在大使馆的派对上，她感觉裙褶的顶端被拽了一下。在人造灯光下，绿色熠熠生辉，但此刻在阳光下却黯然失色。她会缝好它。她的女仆们有太多事情要做。她今晚要穿。她会拿上她的丝线、她的剪刀、她的——什么来着？——当然是她的顶针了，去楼下的起居室，因为她还得写信，并且确保事情大致上井然有序。

奇怪的是，她一边思索，一边停在楼梯平台上，把自己组成钻石形状的、茕茕孑立的一个人，太奇怪了，一个女主人怎么就能通晓家中的每一个时刻，每一种情绪！微弱的声音沿着楼梯井螺旋上升；拖把的沙沙声、轻叩声、敲击声、大门打开时的喧闹声、地下室里传递某个信息的响动、托盘上银器的叮咣声，那是为派对准备的洁净银器。这一切都是为了派对。

（露西端着托盘走进起居室，把巨大的烛台放上壁炉架，银质小匣子则放在中间，将水晶海豚转向钟表。女士们和先生们，他们会来，他们会伫立，他们会用扭捏作态的语调交谈，她能模仿得来。在所有人中，她的女主人是最最可爱的——是银器、亚麻布、瓷器的女主人，因为她将裁纸刀放在镶嵌了图案的桌上时，阳光、银器、敞开的门、伦普尔梅耶公司的人给了她一种成就感。看哪！看哪！她透过玻璃窥探，对面包房里的老朋友们说，那是她第一次在凯特汉姆看到侍从。那是安吉拉夫人，负责照料玛丽公主。达洛维夫人进来了。）

"哦，露西，"她说，"银器看起来真不错！"

"怎么样，"她转动水晶海豚让它站直，问道，"昨晚戏看得怎么样？""哦，戏还没演完他们就必须走了！"露西说。"他们必须在十点钟回来！"露西说。"所以他们不知道后边的剧情。"露西说。"那可真是不走运。"她说（但凡仆人们问了她，就可以待到更晚）。"那真是太可惜了。"她说着拿起沙发中间那个光秃秃的靠垫，塞进了露西怀里，轻轻推了她一下，喊道：“把它拿走！把它给沃克夫人，带上我的问候！拿走！”

露西停在起居室门口，抱着靠垫，问她能否帮忙修补那件裙子。她问得非常害羞，有点脸红。

但是，达洛维夫人说，她手上现有的活计已经够多了，不补裙子她要干的事儿也已经很多了。

“但是，谢谢你，露西，哦，谢谢你。”达洛维夫人说，谢谢你，谢谢你，她继续说（往沙发上一坐，裙子搁在膝头，还有她的剪刀和丝线），她怀着对所有仆人的感激，继续说谢谢你，谢谢你，感谢他们帮助她成为这样的人，成为她想成为的那种人——温柔、慷慨。仆人们喜欢她。然后这件裙子——破口在哪里？现在她得穿针了。这是她最喜欢的裙子，是出自萨莉·帕克之手的裙子，几乎是她做的最后一条裙子，唉，萨莉现在已经退休了，住在伊灵，但凡我得了空，就去伊灵看望她，克拉丽莎想（但她再也不会有一点空闲了）。克拉丽莎认为，她是很有个性的人，一个真正的艺术家。她的想法稍稍有点儿离经叛道，但她的裙子从来不怪。你可以在哈特菲尔德穿它们，在白金汉宫穿它们。她在哈特菲尔德穿过，也在白金汉宫穿过。

当她的针顺滑地拉动丝线，温柔停顿，将绿色的褶皱收拢起来，轻巧地固定在腰带上时，宁静降临到她身上，她显得平和、满足。恰如夏日里的一天，波浪聚拢，失衡，落下，聚拢，落下。整个世界似乎都在越来越沉重地说“仅此而已”，直至躺在沙滩上，晒着太阳的那具躯体里的心脏也如是说，仅此而已。无须害怕了，心灵说道。无须害怕了，心灵说道，将自己的负担交给某片海洋，大海为所有的悲伤齐齐叹息，继续，开始，聚拢，落下。而身体独自聆听蜜蜂飞过，波浪破碎，犬吠，远远地叫啊，叫啊。

“天哪，门铃响了！”克拉丽莎惊呼，停下了针线活。她回过神，侧耳聆听。

“达洛维夫人会见我的，”门厅里那个上了年纪的男人说，“哦，是的，她会见我的。”他重复道，和气地把露西推到一边，飞快跑上楼。“是的，是的，是的，”他一边往楼上跑一边喃喃自语，“她会见我的。在印度待了五年之后，克拉丽莎会见我的。”

“谁？来干什么？”达洛维夫人听到了楼梯上的脚步声，问道（她认为，在举办派对的当天，十一点钟就被人打扰简直无法容忍）。她听到一只手搭在了门上。她只好把裙子藏起来，一如处女守护贞操，保护隐私。此刻，黄铜门把手悄然转动。现在门开了，进来的是——有那么一瞬间，她竟然想不起他的名字！看到他，她实在是太惊讶、太高兴、太害羞、太吃惊了，彼得·沃尔什出其不意地，一早就来找她了！（她还没有读他的信。）

“你好吗？”彼得·沃尔什问道，明显在发抖。他握住她的双手，亲吻她的双手。她老了，他思忖着坐了下来。对此我什么都不会告诉她，他心想，因为她已经老了。她在看我，他暗忖。忽然感到一阵尴尬，尽管他已经亲吻过她的双手。他把手伸进口袋，拿出一把刀片半开的大号小折刀。

一点没变，克拉丽莎心想。一样怪异的表情，一样的格子西装，脸有一点点歪，或许瘦了一些，皮肤干了一些，但他看起来好极了，一如既往。

“再见到你真是太好了！”她惊呼。他拿出他的刀。可真像他，她心想。

他昨晚才到城里，他说。必须马上去乡下。一切都好吗？大家都好吗？理查德呢？伊丽莎白呢？

“这是什么？”他拿小刀指向她的绿裙子，问道。

他穿得相当考究，克拉丽莎暗忖，可他总是批判我。

她在修补裙子，像往常一样修补她的裙子，他心想。我在印度的时候，她就一直坐在这里，修补她的裙子，玩耍，参加派对，跑去议会又回来，诸如此类。他思忖着，越来越恼火，越来越激动。因为对某些女人来说，这世上再没有什么比婚姻更糟糕的了，他想：政治，拥有一个像理查德这样可钦可佩的保守党丈夫。就是这样，就是这样，他心想，“啪”的一声合上了刀。

“理查德很好。理查德在一个委员会里。”克拉丽莎说。

她打开剪刀，问他是否介意她把裙子补完，因为他们晚上有个派对。

“我不会邀请你来参加的。”她说，“我亲爱的彼得！”

可听她说那句话实在太愉快了——我亲爱的彼得！千真万确，一切都是那么愉快——银器，椅子，一切都是那么愉快！

她为何不邀请他参加她的派对？他问。

嗯，当然了，克拉丽莎心想，他令人着迷！让人难以自拔！到现在她都还不知道，在那个可怕的夏天，为什么她一直无法下定决心——以及为何下定决心——不嫁给他了，她真的很想弄明白。

“但你竟然今天早上就过来了，真叫人意想不到！”她喊道，双手交叠，搁在裙子上。

“你还记得吗？”她问，“鲍尔顿的百叶窗总是拍来拍去的？”

“确实。”他回答。他记得单独同她的父亲共进早餐，那情形尴尬至极。她的父亲已经去世了，而他却没有给克拉丽莎写信。但他和老帕里一直相处得不怎么样，那位爱抱怨、意志薄弱的老人家，克拉丽莎的父亲——贾斯廷·帕里。

“我常常希望能和你父亲相处得更好。”他说。

“但我们的任何一个朋友——他都不喜欢。”克拉丽莎说道，恨不得咬掉自己的舌头，因为这话会提醒彼得，他曾经想娶她。

我当然想过，彼得暗忖，那也几乎让我心碎。他被自己的悲伤淹没，这悲伤就好像在露台上看到月亮升起，美得令人毛骨悚然，散发出一日沉落后的光芒。因此，我的不快乐空前绝后，他想。他往克拉丽莎那边稍稍挪了挪，仿佛真的坐在露台上。他伸出手，抬起手，再将手落下，月亮悬在他们头顶。她似乎也和他并肩坐在露台上，沐浴月光。

“那里属于赫伯特了。”她说。

“如今我再也不去了。”她说。

而后，正如在月光下的露台会出现的状况，当一个人因为已经厌倦而渐感羞愧，另一个人则静静坐着，默默无言，悲伤地看着月亮，不愿说话。他动了动脚，清了清嗓子，他注意到桌腿上旋涡状的铁艺装饰，他搅动一片叶子，但什么也没说——此刻彼得·沃尔什就是这样。为何要像这样回溯过往呢？他想。为何要让他再次回想起来呢？为何要让他难受？那时她曾如此可怕地折磨过他。为什么？

“你还记得那个湖吗？”她问道，出于某种压力，语气生硬。这压力来源于一种摄住她心灵的情绪，这种情绪使她喉头的肌肉僵硬，在她说“湖”这个字的时候，嘴唇紧缩，抽搐起来。因为她是个孩子，夹在父母之间，朝鸭子投面包，同时也是一个成年女人，怀抱她的生活，走向驻足湖边的父母。当她靠近他们时，生活在她怀中越来越大，直至成为一段完整的人生，一个完整的生命体，她将它放在他们脚边，说：“这就是我的成果！就是这个！”她的成果是什么？说真的，是什么呢？今天早上，她和彼得一起坐在那里缝纫。

她看着彼得·沃尔什。她的目光穿越了所有的时间与情感，迟疑地落在他身上。泪眼婆娑地栖息在他身上，随后起身，振翅飞走。如鸟儿轻点树枝，随后起身，振翅飞走。她毫不遮掩地擦了擦眼睛。

“记得！”彼得回答。“记得，记得，记得。”他说，仿佛她将某个东西拔出地表，而这东西在不断抬升的过程中深深伤害着他。停下！停下！他想大喊。因为他并不老，他的生活还没有结束，绝对没有。他才刚过五十岁。我该告诉她吗，他思索，该还是不该？他愿意将一切坦白。但她太冷酷了，他想，她缝着东西，用着剪刀。在克拉丽莎的映照下，黛西会显得平平无奇。而且她会觉得我失败了，在他们的理解中的确如此，他想道，在达洛维家的理解中。哦，是的，他对此毫不怀疑，同眼前这一切相比——镶嵌图案的桌子、装饰精美的裁纸刀、海豚与烛台、椅套与古老珍贵的英国彩色版画——他就是个失败者！我厌恶这一切所散发出的自鸣得意，他暗忖。这都是理查德的所作所为，并非克拉丽莎，她只是嫁给了他。（这时露西走进房间，拿来了银器，更多银器。但她弯腰放东西时，看上去是那么迷人、纤细、优雅。）而这种情形一直都在持续！一周又一周，克拉丽莎的生活，而我呢——他想着。霎时间，一切仿佛都从他身上迸发出来：旅行，骑马，争吵，冒险，桥牌聚会，风流韵事，工作，工作，工作！他大大方方亮出他的刀并紧紧攥住——他那把牛角手柄的老刀，克拉丽莎可以发誓他已经用了三十年之久。

这习惯多诡异啊，克拉丽莎心想，总是玩弄一把刀，总是让人觉得自己也变轻浮了，变得头脑空空，就是个傻子一样的话匣子，就像他以前那样。但我也是，她想道，她拿起针，振作起来。像个女王，侍卫们已经熟睡，留下她毫无防护（这次来访让她大为吃惊，让她心烦意乱），以至于任何人都能闲庭信步走进来，看她一眼。她就躺在那里，荆棘蜷曲着覆满全身，她召唤帮手。她所做的事，她喜欢的事，她的丈夫，伊丽莎白，她自己，总之，都是彼得如今不了解的，这些人和事齐刷刷来到她身边，帮她击退敌人。

“嗯，你都遇上了哪些事呢？”她问道。战斗开始前，马儿们就是如此，马掌摩擦地面，摇头晃脑，阳光照亮身侧，弯下脖子。并肩坐在蓝色沙发上的彼得·沃尔什和克拉丽莎就是这样彼此挑战。他的力量在体内摩拳擦掌。他从各个方面收集了各种各样的事物——赞美，他在牛津的事业，他的婚姻，对此她一无所知。还有他如何爱过，总而言之，他履行了自己的职责。

“成千上万的事！”他高呼，聚集起来的力量横冲直撞，为他注入既可怕又极度兴奋的感觉，他感觉自己被永远不可见的那些人扛在肩头，刺穿空气，这力量促使他抬起双手，搭在额头上。

克拉丽莎坐得笔直，深吸一口气。

“我恋爱了。”他说，不是对她说，而是对某个在黑暗中渐渐显形的人说，因此你无法触碰她，只能将花环放在黑暗中的草地上。

“恋爱了，”他重复道，现在是干巴巴地对克拉丽莎·达洛维说的，“在印度和一个女孩恋爱了。”他已经献上了他的花环。克拉丽莎可以按照自己的意愿去理解。

“恋爱了！”她说。他在这个年纪，打着袖珍的蝴蝶领结，竟然会被那个怪物吸进去！他的脖子上都没肉了，双手通红，而且他还比我大六个月呢！她的目光闪回到自己身上，但在心里，她还是感觉到了，他恋爱了。他拥有那种气息，她感觉到了，他在恋爱。

但那不可战胜的自负，永远要践踏反抗它的东道主。它是喧嚣着“前进，前进，前进”的河流，即使它承认自己或许压根就没有目标可言，但依然要前进，前进。当她坐在那里，裙子放在膝头，针脚抵住绿色丝绸的一头，微微战栗，这种不可战胜的自负让她的脸颊流光溢彩，让她看起来格外年轻，粉嫩欲滴，目光炯炯。他恋爱了！不是和她，而是和某个年轻的女人，这是当然的。

“她是谁？”她问道。

现在，必须将这座束之高阁的雕像取下来，放在两人之间。

“一个已婚女人，很不幸，”他回答，“是个印度陆军少校的妻子。”

他以这种荒谬的方式，将那个女人置于克拉丽莎眼前，而后微微一笑，流露出一种古怪又讽刺的甜蜜。

（尽管如此，他确实恋爱了，克拉丽莎心想。）

“她有，”他继续说道，非常理智，“两个小孩儿，一个儿子，一个女儿。我为了离婚的事到这里来见我的律师。”

我就把他们撂这儿了！他心想。随你处置吧，克拉丽莎！他们就在这儿！在他眼中，那位印度陆军少校的妻子（他的黛西）和她的两个孩子，在克拉丽莎的凝视下，一秒比一秒更可爱，仿佛他在盘子上点燃了一颗灰色的小球，于是在他们海盐般亲昵的氛围中，一棵可爱的树拔地而起（因为在某些方面，没有人能像克拉丽莎那样理解他，与他共情），那是他们美妙无间的亲密。

那个女人是在奉承他、愚弄他，克拉丽莎心想，三下五除二就勾勒出那个女人的模样，那个印度陆军少校的妻子。真是白费功夫！真是愚蠢至极！彼得一生都是这样被愚弄，先是被牛津大学开除，接着在前往印度的船上娶了那个女孩，现在是少校的妻子——真是谢天谢地，自己拒绝了嫁给他！可是，他恋爱了，她的老朋友，她亲爱的彼得，他恋爱了。

“但你打算怎么办呢？”她问他。哦，律师和初级律师，林肯律师学院的胡珀先生和格雷特利先生，他们会去处理，他说。他竟然真的用那把小折刀修指甲。

看在上帝的分上，别再玩你的刀了！她压抑不住怒火，默默对自己怒吼，正是他愚蠢的荒诞不经，他的软弱怯懦，他对他人的感受没有一丝一毫的认知，让她恼火，一直让她恼火，而现在，他都这把年纪了，多蠢啊！

我什么都知道，彼得心想，我知道我将面对什么。他边想边用手指沿着刀刃摩挲。我要面对克拉丽莎和达洛维，以及他们所有人，但我要让克拉丽莎看看——紧接着，连他自己都措手不及，突然间，他被那些难以遏制的力量抛起，抛向空中，他流下了眼泪，毫不羞耻地哭起来，他坐在沙发上，任凭泪水顺着脸颊滚落。

而克拉丽莎倾身向前，握住他的手，将他拉向自己，吻了他。她的胸中挑衅般舞动着银光闪烁的羽毛，如热带风暴中的蒲苇。其实，在她能够按下那根舞动的羽毛前，就已经感觉到他的脸贴上了自己的脸。她平静下来，握着他的手，轻拍他的膝盖，坐回去的时候感觉到同他相处相当自在，毫无负担，从而一下子想到，如果我嫁给了他，一整天都会这样欢乐！

于她而言，一切都结束了。床单铺平，床铺很窄。她独自爬上塔楼，留他们在阳光下采摘黑莓。门关上了，在那里，在灰泥坠落堆积的尘埃与鸟儿筑巢的稻草之中，那景象显得那么遥远，声音显得那么微弱而冷峻（她记得，有一次在利思山），理查德，理查德！她呼喊，就像夜深人静时，睡梦中的人突然惊坐而起，在黑暗中伸出手，寻求帮助。与布鲁顿夫人共进午餐，她又想起了这件事。他离开我了，我永远落单了，她想着，双手交叠在膝头。

彼得·沃尔什已经起身，走到了窗边，背对着她，来回挥动着色彩艳丽的手帕。他看起来很熟练，不动感情，孤苦凄凉，瘦削的肩胛骨略微将外套顶起，他用力擤鼻子。带上我一起吧，克拉丽莎冲动地想，就好像他当即就要开启一段伟大的航程。随即，下一刻，仿佛一出精彩动人的五幕剧业已结束，她在那一幕幕中度过了整整一生，并且顺利逃脱，和彼得生活在一起，而此刻，这一切都结束了。

现在是时候行动了，正如女人收拾好自己的东西，斗篷、手套、歌剧望远镜，站起身来，准备走出剧院，走到街上，克拉丽莎从沙发上起身，走向彼得。

真是太奇怪了，彼得心想，她的力量怎么还能如此强大。当她穿过房间，环佩叮当，衣裙窸窣，仍旧那么强有力。让他厌恶的月亮升上鲍尔顿的露台，挂在夏日的夜空。

“告诉我，”他说着抓住她的肩膀，“你幸福吗，克拉丽莎？理查德——”

门开了。

“这是我的伊丽莎白。”克拉丽莎说道，情绪激动，或许还有点戏剧化。

“你好。”伊丽莎白走上前来，问候道。

大本钟在他们之间敲响半点的钟声，雄浑有力，仿佛一名年轻男子，强壮、冷漠、自我，四处挥舞哑铃。

“你好啊，伊丽莎白！”彼得放声回应，将手帕塞进口袋，快步走向她，看都没看她一眼就说了声“再见，克拉丽莎”，而后迅速离开房间，跑下楼，打开了大厅的门。

“彼得！彼得！”克拉丽莎喊道，跟着他出了房间，来到楼梯平台。“我今晚的派对！记得我今晚的派对！”她喊道，不得不提高嗓门，对抗户外的喧嚣，可还是被车流喧嚣与无数钟表的击打声淹没了。随着彼得·沃尔什关上门，她呼喊的“记得我今晚的派对！”的声音听起来是那么脆弱、细微，遥不可及。

记得我的派对，记得我的派对，彼得·沃尔什走到街上时，有节奏地自言自语，与车流喧嚣同步，与大本钟敲响半点的直截了当的报时声同步。（沉闷的音圈在空中消散。）哦，这些派对，他心想，克拉丽莎的派对。她为什么要办这些派对，他想。他并不是责怪她，也不责怪那个朝他走来的男子，男子身穿燕尾服，扣眼里别着一朵康乃馨。这世上只有一个人能像自己这样陷入爱情。那个人就是他自己，这个幸运的男人。他的身影倒映在维多利亚街一家汽车行的大玻璃窗中。整个印度都在他身后：平原，山脉，霍乱大流行，那是一个比爱尔兰大两倍的地区，是他独自做出的决定——他，彼得·沃尔什，此时此刻，是他这辈子第一次真正陷入爱情。克拉丽莎变得铁石心肠，他想。而且他怀疑她有点感情用事，看看那些巨大的汽车都能干些什么——多少加仑能跑多少英里？他对机械很感兴趣，还在自己住的地方发明了一种犁，从英国订购过轮式手推车，但劳工们不愿使用，而所有这一切，克拉丽莎一无所知。

她说出“这是我的伊丽莎白”这句话的方式让他恼火。为什么不简单地说“这是伊丽莎白”？一点也不真诚。而且伊丽莎白也不喜欢。（那钟声雄浑铿锵，最后的余波仍然震动着他周围的空气，半点钟，还早，才刚十一点半。）因为他理解年轻人，他喜欢他们。克拉丽莎身上总有一种冷冰冰的感觉，他心想。她一直都这样，哪怕是年轻的时候，身上也有一种胆怯，人到中年则变成了因循守旧，然后全都完了，全都完了，他想着，阴沉沉地望向玻璃窗内，想知道自己在那个时间前去拜访，是否惹恼了她。因为他像个傻瓜一样，羞愧突如其来，泪如泉涌，情绪激动，什么都告诉了她，一如往常，一如往常。

当一朵云遮住太阳，寂静笼罩伦敦，也笼罩人心。努力戛然而止。时间拍打桅杆。我们停在那里，我们站在那里。我们浑身僵硬，唯有习惯的骨架维持着人类的框架。那里什么都没有，彼得·沃尔什对自己说，感觉自己被掏空，体内空空荡荡。克拉丽莎拒绝了我，他想。他驻足思考：克拉丽莎拒绝了我。

啊，圣玛格丽特教堂宛如在整点钟声响起时走进客厅的女主人，发现客人已到，于是说：我没有迟到。没有，刚好十一点半，她说。尽管她完全正确，但是作为女主人的声音，她的声音却不愿表露出个性。对过去的某种伤怀还有对现在的某种担忧阻止了它。现在是十一点半，她说，圣玛格丽特教堂的钟声滑入心房，埋藏在一圈又一圈音波之中，仿佛某种活物，想要倾吐自我，散播自我，带着一丝愉悦的战栗，息止下来——就像克拉丽莎自己，穿着一袭白衣在整点钟声响起时下楼，彼得·沃尔什思索着。那就是克拉丽莎自己，他心想，满怀深深的情意，以及对她异常清晰却又困惑的回忆，仿佛这钟声多年前就已进入房间，是某个你侬我侬的时刻他们所在的房间，从一个人传到另一个人，然后满载那个时刻离开了，仿佛采撷了花蜜的蜜蜂。但是哪个房间呢？是哪个时刻呢？为何钟声响起时他会由衷地感到幸福？而后，随着圣玛格丽特教堂的钟声渐渐消逝，他想，她已经病了，钟声表达了倦怠与痛苦。是她的心脏，他记得，那为死亡而突然敲响的最后一击，是生命中的震撼，克拉丽莎就在自己立足之处轰然倒下，在她的起居室里。不！不！他叫喊。她没有死！我还不老，他喊道。他沿着怀特霍尔街大步前行，仿佛他的未来正朝他滚滚而来，充满活力，无穷无尽。

他不老，不顽固，也不乏味。至于他们怎么说他——达洛维一家、惠特布雷德一家和他们的圈子，他一点也不在乎——一点也不（尽管他确实迟早得看看理查德能不能帮他找个工作）。他大步流星，目不转睛，盯着坎布里奇公爵[1]的雕像。他被牛津大学开除了——这是真的。他曾是个社会主义者，在某种意义上是个失败者——这也是真的。但他依然认为，文明的未来掌握在那样的年轻人

1　坎布里奇公爵：英王乔治三世的幼子阿道弗斯·弗雷德里克（1774—1850）。

手中，掌握在如三十年前的他一般的年轻人手中。他们凭借对抽象原则的热爱，将书从伦敦千里迢迢寄往喜马拉雅山之巅，阅读科学，阅读哲学。未来握在那样的年轻人手中，他想。

背后传来某种拍打声，类似林中树叶翻飞，随之而来的还有沙沙声，规律的砰砰声，当那声音追上他时，如鼓点般敲打他的思绪，他步伐严谨，沿着怀特霍尔街前行，完全不受控制。套着制服的男孩们，扛着枪，行进时目视前方，齐步向前，手臂僵直，脸上的表情宛如雕像基座上的字母，铭刻出传奇故事，赞颂责任、感恩、忠诚以及对英格兰的爱。

彼得·沃尔什开始同他们保持步调一致，心想这是相当不错的训练。但是他们看起来并不强壮，大多弱不禁风，都是十六岁的男孩子，明天或许就会站在摆满一碗碗米饭、一块块肥皂的柜台后面。此刻，他们身上尚未混入任何感官愉悦或日常烦恼，只有属于花环的庄严，从芬斯伯里大道带至空空的坟墓。他们已经宣过誓。车流报以尊重，货车纷纷停下。

当他们沿着怀特霍尔街行进时，我是跟不上的，彼得·沃尔什心想。果然，他们继续前进，以平稳的步伐超过了他，超过了每一个人，就好像是由统一意志驱动腿和胳膊，而形形色色又毫无规则的生活则被铺在纪念碑与花环组成的台面之下，被纪律麻痹成僵硬且目不转睛的死尸。人们必须尊重它，人们可能会笑，但不得不尊重它，他想。他们走了，彼得·沃尔什在人行道边缘驻足，暗自思忖。所有崇高的雕像，纳尔逊[1]、戈登[2]、哈夫洛克[3]，那些伟大士兵黝黑雄壮的形象矗立原地，目视前方，仿佛他们也做出了同样的牺牲（彼得·沃尔什觉得他也是如此，做出了伟大的牺牲），被同样的诱惑所践踏，最终获得了大理石般无情的凝视。但彼得·沃尔什一点也不想拥有这种凝视，尽管他能尊重别人这样凝视。他能尊重男孩们这样凝视。随着行军的男孩们消失在去往斯特兰德的方向，他想道，他们尚不懂得肉身疾苦，不懂我所经历的一切。他忖度着穿过马路，站在戈登的雕像下，那是他小时候崇拜过的戈登。戈登孤零零地站着，一条腿抬起，双臂交叉——可怜的戈登，他想。

除了克拉丽莎外，还没人知道他在伦敦，而且漫长航行之后，大地在他眼中仍然像一座岛屿。十一点半钟，独

1　纳尔逊（1758—1805）：英国海军上将，曾给拿破仑的舰队以致命打击。
2　戈登（1833—1885）：英国将军。
3　哈夫洛克：亨利·哈夫洛克（1795—1857），英国将军。

自站在特拉法尔加广场[1]，活着，却无人知晓，这种陌生感压倒了他。这是什么情况？我在何方？以及，我究竟为什么要这样做？他想着，离婚似乎很不切实际。他的内心深处如沼泽一般荒凉，三种巨大的情感震惊了他，一种是理解，一种是庞大的博爱，最后一种仿佛是另外两者的结果，是一种无法抑制的、美妙的喜悦，仿佛在他的大脑内，有另一只手拨动了琴弦，移动了百叶窗。而他与此无关，他站在无数大街的起始处，不论他选择漫步其中哪一条，都可以走下去。他已经有好多年不曾感到自己如此年轻。

他逃脱了！完全自由了！就好像习惯崩塌时会出现的情形，头脑如一团无人看管的火焰，点头，弯腰，似乎马上就要被吹离原位。我已经有太多年不曾感觉自己如此年轻！彼得想着，逃离了（*当然也只是一个小时左右*）他原本的样子，感觉自己像个跑出门去的孩子，跑着跑着，看见他的老保姆在错误的窗口挥手。当他穿过特拉法尔加广场，朝着干草市场的方向跑去时，一个年轻女子走了过

1　特拉法尔加广场：位于伦敦市中心的广场，为纪念 1805 年击败拿破仑舰队的特拉法尔加海战而命名。广场上矗立着指挥该战役的海军上将纳尔逊雕像。

来。当她走过戈登雕像时，彼得·沃尔什暗忖（他就是这么容易动情），这女子好似除去了一层又一层面纱，直至成为他心中一直梦寐以求的那个女子：年轻，但气宇不凡；快乐，但谨言慎行；黑发，但令人沉醉。她也太迷人了，他心想。

他挺直身子，偷偷摸索小折刀，开始跟在她身后，去跟随心中的女子，跟随这份悸动，哪怕她背对着他，似乎也向他投射出一道光，将他们联系在一起，将他挑选出来，仿佛车流中的随机骚动通过空握着的一只只手耳语他的名字，不是彼得，而是很私密的名字，他只在心里这样称呼自己。“你，”她说，只有“你”，用她的白手套和肩膀说了出来。随后，当她走过考克斯珀街的登特商店时，风搅动她薄薄的长斗篷，散发出一种包容的善意，一种哀伤的温柔，仿佛会张开双臂拥抱疲惫——

但她还没结婚。她年轻，非常年轻，彼得心想。她穿过特拉法加尔广场时，他看到了她佩戴的那朵红色康乃馨，花朵再一次在他眼中燃烧起来，令她嘴唇红润。但她在路缘石上等候，身上弥漫着一种庄严。她不像克拉丽莎那样世故，不像克拉丽莎那样富有。当她继续行路时，彼得好奇，她正派吗？她诙谐机智，生了条如蜥蜴般忽闪的舌，他思索着（因为人必须富于想象，必须允许自己有些消遣），她有一种冷静等候的机智，一种敏捷的机智，不吵不闹。

她动了，她穿过马路，他尾随她。他最不愿意做的事就是让她尴尬。不过，若她停下脚步，他会说：“来吃个冰淇淋吧。”而她会非常干脆利落地回答：“哦，好啊。”

但街上的其他人涉足他们之间，阻碍了他，遮挡了她。他追上去，她却变了。她的脸颊上有了色泽，眼中流露嘲弄。他是个冒险家，不计后果。他心想，自己迅速、大胆，确实（毕竟他昨晚刚从印度回来）是个浪漫的海盗。他漠视所有该死的繁文缛节，对商店橱窗里的黄色睡袍、烟斗、钓鱼竿，还有名誉地位、晚间派对和衣着整洁的老人（他们的西服背心下套了白衬衣）都不予关心。他可是个海盗。她继续走啊走，穿过皮卡迪利大街，走上摄政街。在他前面，她的斗篷，她的手套，她的肩膀与橱窗里的流苏、蕾丝和羽毛相映成趣，构成了高雅华贵与古怪随性的气息。这气息渐渐从商店流出，流向街道，宛如深夜里摇曳的灯光，照亮黑暗中的树篱。

她笑容满面，让人如沐春风，她穿过了牛津街和大波特兰街，转进了诸多小街之一。而现在，现在，伟大的时刻即将到来，因为此刻她放慢了脚步，打开了包，朝他这边看了一眼，但不是看他，而是道出再见的一眼，概括了全部情形，并扬扬得意地将一切抛在身后，永远永远。她插入钥匙，打开了门，消失了！克拉丽莎说着“记得我的派对，记得我的派对”的声音在他耳边回响。那栋房子是那些暗红色的房子之一，挂着花篮，缭绕着模模糊糊的不忠感。结束了。

好吧，我已经享受过了。我享受过了，他想着，仰头去看那盛满浅色天竺葵的摇曳花篮。他的乐趣被砸得粉碎，毕竟原本就是半真半假，他很清楚。跟随女孩的这次冒险纯属虚构。都是编造的，就像人们编造出生活中更美好的一面，他思索——编造自己，编造她，创造出一种美妙的乐趣，以及更多。可它波谲云诡，又千真万确，这一切永远无法分享——它被砸得粉碎。

他转身，沿着街走，想找个地方坐下，一直坐到去林肯律师学会的时间——去见胡珀先生和格雷特利先生。他该去哪儿呢？无所谓。他沿着街继续往前，而后朝摄政公园走去。他的靴子在人行道上敲出“无所谓”的姿态。毕竟还早，仍然很早。

这也是个灿烂的早晨，就像一颗完美心脏的脉搏，活力径直穿透街道。没有迟疑，没有犹豫，汽车呼啸而过，一个急转弯停在了门前，准确、准时、无声，恰到好处。穿着长丝袜、头戴羽饰的女孩下了车，转瞬消失，但没那么吸引他（因为他已经短暂地纵情过了）。可敬的管家，茶色松狮犬，铺着黑白菱形地砖的大厅和随风飘动的白色窗帘，彼得透过敞开的门看到这些，心下暗暗赞许。不管怎么说，伦敦有着自己的辉煌成就——社交季，文明。像他这样，生在一个体面的英裔印度家庭，至少三代人都在管理大陆事务（真的很奇怪，他想：我竟然对此满怀柔情？明明他根本不喜欢印度、帝国和军队），有这样一些时刻，哪怕是这种类型的文明，对他而言也亲切如私人财物，他为英格兰而自豪，为管家而自豪，为松狮犬而自豪，为女孩们的安全而自豪。可笑至极，但就是如此，他想。而且医生、商人和能干的女人们全都在忙着自己的事，准时、警觉、活力四射，在他看来都是可钦可佩的好伙伴，是值得托付生命之人，是生活艺术的同伴，是能渡过难关的人。种种因素加在一起，使得这种情形其实相当不错。他要坐到树荫下抽根烟。

那边是摄政公园，没错。小时候他曾在摄政公园散步——真奇怪，他想道，童年的记忆怎么总是不断浮现，或许是见了克拉丽莎的缘故。毕竟女人比我们更愿意活在过去，他思索。她们将自己依附于某个地方，依附于她们的父亲——女人总是为父亲感到骄傲。鲍尔顿是个不错的地方，一个相当不错的地方，但我始终没法和那个老头子相处，他想。有天晚上闹得很凶——为了某件事还是别的什么吵了起来，他记不清了。想必是政治。

是的，他记得摄政公园，记得长而笔直的道路，左边是卖气球的小屋，某处还有一座刻着铭文的怪诞雕塑。他寻了一处空座位，不希望因为有人来问时间而被打扰（他有点昏昏欲睡）。有个上了年纪的灰发保姆，带着个在娃娃车里熟睡的婴儿，他在保姆所坐的长椅另一端坐下来，那是他能为自己找到的最佳位置。

她是个模样怪异的女孩，他心想，突然回忆起伊丽莎白走进房间，站在她母亲身边的模样。长开了，长大了，不算漂亮，但还算端庄，她顶多十八岁。她很可能同克拉丽莎关系不好。"这是我的伊丽莎白"——那种说法——为什么不简简单单地说"这是伊丽莎白"？——和大多数母亲一样，克拉丽莎试图粉饰事情原本的样子。她太相信自己的魅力，他想，过于滥用。

馥郁温和的雪茄凉凉地旋进喉咙，他又一圈圈把烟吐出来，烟圈英勇地在空中飘浮了片刻，蓝色，环形——今天晚上，我要找机会单独和伊丽莎白说说话，他琢磨着——而后烟圈开始摇晃成沙漏的形状，逐渐消散。它们的形状真奇怪，他心想。突然，他闭上眼睛，费力地抬起手，扔掉了雪茄沉甸甸的烟蒂。一把巨大的刷子扫过他的思绪，扫过挪移的枝丫，扫过孩子们的喧闹，扫过蹒跚的脚步，扫过人来人往声与车流忽高忽低的嗡嗡声。他深深、深深地陷入羽毛般的梦境之中，不断下沉，被包裹其中。

当彼得·沃尔什坐在灰发保姆身旁的滚烫座椅上打起呼噜时，她继续编织。她穿了一身灰衣，不知疲倦地舞动着手，但寂然无声，看上去像是睡眠权利的捍卫者，仿佛是那幽灵般的存在中的一员，黄昏时分，出现在由天空与枝杈构成的树林之中。孑然一身的旅人，小路上的游魂，蕨类植物的扰乱者，巨型毒芹植物的蹂躏者，他们突然抬起头，在旅途尽头看到巨人的身影。

或许因为他是个坚定的无神论者，这些格外悸动的时刻才让他如此诧异。自身之外，除了心境，无物存在，他想。他有一种渴望，渴望安慰，渴望解脱，渴望这些可怜的软弱、丑陋、怯懦的男人与女人的身上所没有的东西。可是，若他能将她构想出来，那么在某种程度上她就存在，他一边想一边沿小路往前走，目光望向天空与树枝，并迅速地赋予它们女性特质，惊愕地看到它们变得如斯庄重，微风拂过时，它们是那么威严地对树叶黑暗的颤动施以慈悲、理解与宽恕，随后，刹那间腾空而起，以一场狂野的寻欢作乐混淆自身虔诚的外表。

这些正是幻象，它们向形单影只的旅行者奉上盛满水果的羊角形大口袋，或像绿色海浪中迤逦而行的海妖塞壬般在他耳边浅吟低唱，或像一束束玫瑰花狠狠砸到他脸上，又像渔夫们在滔天洪水中奋力挣扎，彼此拥抱，苍白的面孔浮出水面。

正是这些幻象不断浮现，寸步不离，紧随真实事物，却将它们的面孔置于真实之前，往往压倒孤身一人的旅行者，夺走他对大地的感知，对回归的希冀，取而代之地给予他一种普遍的平静，就好像（他沿着森林小径前行时这样想）所有的生之狂热本就无比简单，无数事物融合成一件事，而这个由天空与树枝构成的形象，从混沌的海洋中升起（他已经上了年纪，如今已年过五十），仿佛是个能从波涛中吸上来的形象，从她那高尚的双手中洒下怜悯、理解与宽恕。所以，他思索道，愿我永远不回灯光之下，永远不回客厅，永远读不完我的书，永远敲不空我的烟斗，永远不按铃叫特纳太太来收拾餐具。不如让我径直走向那伟岸的形象，她会漫不经心地甩甩头，让我乘上她的飘带，将我和其他一切化作乌有。

这些就是幻象。孤独的旅行者很快就走出了树林。在那里，一个年长的女人，可能是为了寻觅他归来的身影，举起双手遮住眼睛，白色围裙随风飘动，似乎（这种虚弱的力量如此强大）在沙漠上寻找一个失落的儿子，寻找一个被毁灭的骑士，成为那些在世界大战中失去儿子的母亲的形象。因此，当孤独的旅行者沿着村庄的街道前行时，女人们驻足编织，男人们在花园里挖掘，黄昏显得不祥，人们的身影静止不动，仿佛某种庄严命运即将把他们彻底吞噬，而他们早已知晓，正毫无畏惧地等待着。

室内，在寻常事物之中，有橱柜、桌子、天竺葵盛开的窗台，房东太太弯腰挪走桌布的身影突然被光线变得柔和，成为一个可爱的象征，阻止我们去拥抱她的唯有冷漠的人际关系。她拿走了橘子酱，将果酱封进橱柜。

“今晚没有别的事了，先生？”

但孤独的旅行者会向谁作答呢？

于是，在摄政公园，婴儿睡梦正酣时，年迈的保姆在编织，彼得·沃尔什也打着鼾。

他极为突然地醒来，念念有词：“灵魂的死亡。”

“主啊，主啊！”他大声自言自语，舒展身体，睁开眼睛。“灵魂的死亡。”这话与他一直梦见的某个场景、某个房间、某段过去息息相关，并且越来越清晰，是他一直梦见的场景、房间和过去。

是那年夏天的鲍尔顿，那是九十年代初，他正同克拉丽莎热恋。那里有很多人，笑着，聊着，下午茶后围坐在一张桌边，房间沐浴着黄色的光线，充斥着缭绕的香烟。他们在谈论一个娶了自己女佣的男人，是附近的乡绅，他已经忘了那人的名字。他娶了自己的女佣，并带她到鲍尔顿拜访——那次拜访糟透了。她穿得过于华丽，“像只凤头鹦鹉。”克拉丽莎模仿着她的样子评价道，她一直说个不停。她不停地说啊说，说啊说。克拉丽莎模仿她。然后有人说——是萨莉·塞顿——知道她在结婚前有一个孩子，对一个人的感情真的会有实质性影响吗？（*在那些日子里，在鱼龙混杂的社交场合，这是个胆大包天的说法。*）他现在还能看到克拉丽莎面色绯红，不知怎的缩了缩身子，然后说：“哦，我再也没法同她说话了！”于是围桌而坐的整个小团体似乎都人心动摇，相当别扭。

他不曾怪她介意这一事实，毕竟在那个年代，一个像她这样长大的姑娘，什么都不懂很正常，惹恼他的是她的态度：胆怯、冷硬、傲慢、迂腐。“灵魂的死亡。”他曾本能地说出这句话，一如往常，为那个时刻打上标签——她灵魂的死亡。

每个人都动摇了，在她说话时，每个人似乎都垂下了头，然后站起身来，面色有变。他能看到萨莉·塞顿，像个恶作剧的孩子，身体前倾，满脸通红，想开口，但又害怕，况且克拉丽莎的确叫人害怕。（*萨莉是克拉丽莎最好*

的朋友，总在那里，是个充满魅力的小东西，面容俊朗，肤色黝黑，在那些日子里以大无畏而闻名。他常常给她雪茄，她在卧室抽，她要么就是同某个人订过婚，要么是同家人吵了架，他们俩老帕里都不喜欢，反而拉近了两人的关系。）而后，克拉丽莎站起来，仍旧带着一种被他们所有人冒犯的感觉，找了个借口，独自离开了。她打开门，那只追逐绵羊的大狗钻进来，毛发乱蓬蓬的。她冲上前去，欣喜若狂。她就像是在对彼得说——这一切都是针对他的，他心知肚明——“我知道你刚才觉得我对那女人的态度很荒唐，但看看我多么有同情心，看看我多么爱我的罗布！”

他们一向拥有这种奇怪的能力，无须言语便能交流。她清楚地知道他在批评她，然后她就会做一些相当明显的事来为自己辩护，比如这一次，对狗大惊小怪，但他从未上当，他总能看穿克拉丽莎。当然了，他什么也没说，只是闷闷不乐地坐在那里。他们的争吵往往就是这样开始的。

她关上了门。他立刻愁容满面。一切似乎都行不通——继续恋爱，继续争吵，继续和好，他独自徘徊于室外厕所，马厩，看着马匹。（这个地方相当简陋，帕里家向来不富裕，但总有马夫和马童随行。克拉丽莎热衷骑马——还有一个老车夫——他叫什么来着？——一个老保姆，老穆迪，老古迪，他们大概就是这样叫她的，人们会被带到一个小房间去看她，屋里有很多照片，很多鸟笼。）

那是个糟糕透顶的晚上！他越来越沮丧，不光是因为那一件事，而是对一切都感到沮丧。而且他见不到她，无法向她解释，无法理论清楚。总有其他人在身边，她会表现得好像什么都没发生过一样，这是她最残忍的地方——这种冷漠，这种麻木。她的心里有个深渊，今天早上同她说话时他又一次感受到了，她这个人不可预测。然而，天知道他爱她。她有一种奇怪的力量，能撩拨人的神经，将一个人的神经变成琴弦，就是如此。

他想要引人注意，出于这一愚蠢的念头，他等了很久才去吃晚饭，并坐到了老帕里小姐身旁——海伦娜姑妈，帕里先生的妹妹，她理应是主位。她裹着白色的羊绒披肩，靠窗坐着，是位难相处的老小姐，但对他很好，因为他曾给她找来一些稀有的鲜花。她是个伟大的植物学家，她常脚踩厚重的靴子，肩挂一只黑色的锡质采集盒，四处奔走。他坐到她身旁，却无法开口。一切似乎都在他面前飞驰而过，而他只是坐在那里，吃着东西。然后在晚餐过半时，他第一次迫使自己看向克拉丽莎。她正在同右手边的一个年轻男人说话。他突然灵光一闪，“她会嫁给那个男人。”他对自己说，他甚至不知道那人的名字。

因为就是那个下午，当然了，正是那个下午，达洛维来了，克拉丽莎叫他“威克汉姆”，那就是一切的开端。有人带他过来，克拉丽莎搞错了他的名字。她向所有人介绍他时都叫他威克汉姆，最后他说“我叫达洛维！”这是他对理查德的第一印象——一个金发青年，尴尬笨拙，坐在一把躺椅上，突然冒出一句“我叫达洛维！”萨莉对此紧抓不放，从那以后总是叫他“我叫达洛维！”

彼时，他被神示俘获。这一神示——她会嫁给达洛维——太刺眼了——在那一刻势不可挡。在她对他的态度中有一种——怎么说呢？——某种自在，某种母性，某种温柔。他们在谈论政治。整个晚餐期间，他都试图听清他们在说什么。

他依然记得，晚餐过后，在起居室，他站在老帕里小姐的椅子旁。克拉丽莎走过来，举止无可挑剔，像个真正的女主人，想把他介绍给某个人——说话的语气好似他们从未见过，这让他怒火中烧。然而，即便在那时，他也为此佩服她。他佩服她的勇气，佩服她的社交本能，他佩服她把事情进行到底的能力。“无可挑剔的女主人。”他对她说，她因此全身抖了一下，而他就是想让她感受到这一点。看到她和达洛维在一起后，他会竭尽全力伤害她。

所以她撇下了他。而他有一种感觉，觉得大家全都秘密联合起来对付他——笑着，聊着——在他背后。他站在帕里小姐的椅子旁，谈论野花，仿佛是个木头雕出来的人。从未，他从未如此痛苦过！他肯定是连假装倾听都顾不上了，最终他回过神来，看出帕里小姐相当不安，相当愤怒，凸出的眼睛一动不动。他几乎要喊出他无法集中注意力，因为他身在地狱！人们开始走出房间。他听到他们在谈论拿上斗篷，说水上很冷，诸如此类。他们要在月光下泛舟湖上——萨莉的疯狂念头之一。他能听到她描述月亮。他们都出去了。他彻底落单了。

“你不想和他们一起去吗？”海伦娜姑妈问道——可怜的老太太！——她猜到了。他转过身，克拉丽莎又出现了。她回来接他。他被她的慷慨、她的善良深深打动。

“一起来吧，”她说，“他们在等呢。”

他这辈子都没有这样幸福过！他们默默和好了。他们走到湖边。他拥有了二十分钟完美无缺的幸福。她的嗓音，她的笑声，她的衣裙（很飘逸，白色与深红色相间），她的心灵，她的冒险精神，她让所有人下船去探索小岛。她吓到了一只母鸡，她哈哈大笑，她歌唱。而从始至终，他都非常清楚，达洛维正在爱上她，她也在爱上达洛维。但这似乎无关紧要，什么都不重要。他和克拉丽莎席地而坐，侃侃而谈。他们毫不费力就能在彼此的头脑中进进出出。然后刹那间，一切就结束了。当他们上船时，他无精打采地对自己说："她会嫁给那个男人。"没有丝毫怨愤。但这件事清楚无疑，达洛维会娶克拉丽莎。

达洛维划船送大家返回，他一言不发。但不知为何，当他们目送他出发，跳上自行车，骑二十英里穿过树林，沿着车道摇摇晃晃离开，挥挥手，消失无踪时，他显然出于本能，极其强烈地感觉到了那一切，那夜晚，那浪漫，他配得上克拉丽莎。

至于他自己，他太荒唐了。他对克拉丽莎的要求（他现在能看清了）是荒唐的。他要求不可能之事，他制造了可怕的场面。或许，若是他不那么荒唐，她仍然会接受他。萨莉这样认为。那一整个夏天，萨莉都在给他写长长的信，写他们如何谈论他，她如何称赞他，克拉丽莎如何潸然泪下！那是个非凡的夏天，全是信件、争吵、电报，他在清晨到达鲍尔顿，一直闲逛到仆人们起床。早餐时，与老帕里先生可怕地面对面，海伦娜姑妈可畏但善良，萨莉推着她去菜园聊天，克拉丽莎因头痛躺在床上。

最后一次争吵发生在一个酷热的下午三点。他坚信，那场争吵比他人生中任何一件事都要命（这可能是一种夸张，但现在看来还是如此）。导致争吵的是一件琐事——

萨莉在午餐时说了些关于达洛维的话，称他为“我叫达洛维”，结果克拉丽莎突然身子一僵，变了脸色，用她特有的方式尖锐地厉声说道：“这个没劲的笑话我们已经听够了。”仅此而已，但在他听来，她就好像是在说：“我只是同你逗闷子，我和理查德·达洛维才懂得彼此。”他就是这么理解的。他已经好几夜没睡了。“无论如何，都得有个了结。”他告诉自己。他通过萨莉给克拉丽莎递了张便条，约她三点在喷泉见面。“发生了要紧的事。”他在便条末尾潦草写道。

喷泉位于一小片灌丛中央，远离房子，周围都是灌木和树。她来了，甚至比约定的时间还早。他们分立喷泉两边，喷口（它坏了）不停地滴水。那些景象是多么深刻地烙印在了脑海中啊！比如，那鲜绿的苔藓。

她一动不动。“告诉我真相，告诉我真相。”他不停地说。他感觉自己的额头快要爆裂了。她似乎缩成一团，呆若木鸡。她一动不动。“告诉我真相。”他重复道。这时那个老头布莱特科夫突然拿着《泰晤士报》探出头来，盯着他们，张大嘴巴，然后走开了。他们俩谁也没动，“告诉我真相。”他重复道。他感觉自己正在碾磨某种坚硬的物体，而她顽强不屈。她像铁，像燧石，宁折不弯。当她说“没有用的。没有用的。这就是结束”时，他苦口婆心，声泪俱下，好像过了数小时之久，仿佛她打了他一巴掌。她转过身，离他而去，走开了。

“克拉丽莎！”他喊道，“克拉丽莎！”但她再也没有回来。都结束了。那天晚上他离开了。他再也没有见过她。

真是太糟了，他喊着，糟了，糟了！

然而太阳依旧炙热，人们依旧让万事翻篇，生活依旧一天天地过去。他依旧思索着，打着哈欠，开始注意到，同小时候相比，摄政公园变化不大，除了松鼠——想必还是有些补偿吧——小伊丽丝·米切尔一直在捡鹅卵石，她和弟弟在儿童室的壁炉架上有个鹅卵石堆，她要为之添砖加瓦。她把满满一手鹅卵石扑通一声放到保姆膝头，再一次飞速跑开，全速撞上了一位女士的腿，彼得·沃尔什大笑起来。

但雷齐娅·沃伦·史密斯则对自己说，这太邪恶了，为什么我要受这种苦？走在宽阔步道上时，她问自己。不，我再也无法忍受了，她这样说着，留下塞普蒂默斯一人说着冷酷、残忍、邪恶的话。他自说自话，同死人说话，就在那边的座椅上，那人已经不再是塞普蒂默斯了。就在此时，孩子全速撞到她身上，摔倒在地，号啕大哭起来。

这样反而让她得到了些许安慰。雷齐娅把孩子扶起来，掸掉她裙子上的灰尘，亲吻了她。

但她本身并没有做错什么，她爱过塞普蒂默斯，她曾经很幸福。她曾有一个美丽的家，她的姐姐仍住在那里，做着帽子。而她为什么要受这种苦？

孩子径直跑回保姆身边，雷齐娅看到孩子受了责备，也得到安慰。保姆放下手里的编织活计，抱起她，那个面善的男人把自己的表递给她，让她打开，以此安慰她。可她为什么要身处此地呢？为什么不留在米兰？为什么要饱受煎熬？为什么？

宽阔的步道，保姆，灰衣男子，婴儿车，都因泪水而涌动，在她眼前起起伏伏。被恶毒的施虐者摇晃是她的命运。但为什么呢？她就像躲在薄薄叶片下的一只小鸟，一旦叶片晃动，她就会冲着太阳眨眨眼，干枯的树枝断裂也会吓她一跳。她暴露在外，被参天巨木包围，被冷漠世界的硕大云朵包围，毫无遮蔽，受尽折磨，她为什么要受这种苦？为什么？

她皱起眉头，跺了跺脚。她必须回到塞普蒂默斯身边，因为快到去见威廉姆·布拉德肖爵士的时间了。她必须回去告诉他，回到坐在树下那张绿色长椅上的他的身边。他正自言自语，也许是同那个死去的埃文斯说话，她只在商店里同后者有过一面之缘。他看上去是个寡言少语的好人，是塞普蒂默斯的好朋友，在战争中惨遭杀害。但很多人都会遇到这种事。很多人都有在战争中牺牲的朋友。很多人都在结婚时放弃了一些东西。她放弃了她的家。她来到这里生活，这个可怕的都市。但塞普蒂默斯却放任自己思考那些可怕的事，她也同样可以，如果她愿意尝试。他变得越来越奇怪。他说有人在卧室的墙后说话。菲尔默太太觉得这样不正常。他也能看见一些东西——他在蕨类植物中看见了一个老妇人的头颅。然而，只要他愿意，完全可以快乐起来。他们坐在巴士顶层去汉普顿宫，他们真的很快乐。所有红色与黄色的小花都在草地上竞相开放，他说宛如漂浮的灯笼。他们谈天说地，滔滔不绝，有说有笑，编织形形色色的故事。当他们站在河边时，突然间，他说："现在我们要自杀了。"他看着河流的眼神，她曾在他眼中见过，是在火车或公共汽车经过时——那是一种似乎被什么东西迷住了的眼神，她感觉他正在离开她，她抓住了他的手臂。但回家时他格外安静，格外理智。他会和她争论自杀问题，并解释人们有多邪恶，当他们在路上与人擦肩而过时，他能看到他们在编造谎言。他知道他们的全部想法，他说，他知道一切。他知晓世界的意义，他说。

而后，等他们回到家，他几乎一步也走不动了。他躺在沙发上，让她握住他的手，以防他下坠。下坠，他叫喊着，坠入烈焰！他看见墙上有一张张面孔在嘲笑他，用那些令人作呕的可怕名字来呼唤他，纱窗周围伸出一只只手，对他指指点点，然而他们身边别无他人。可他开始大声说话，予以回应，争论、大笑、大哭，变得异常激动，还让她写下来。彻头彻尾的胡言乱语，关于死亡，关于伊莎贝尔·波尔小姐。她再也受不了了。她要回家去。

现在，她离他很近，能够看见他正盯着天空，喃喃自语，双手紧握。可霍姆斯医生还是说他没有问题。那么，究竟发生了什么？为什么他会判若两人？为什么她坐到他身边时，他会受到惊吓，冲她皱眉，挪开，还会指着她的手，抓住她的手，恐惧地看着那只手？

是因为她摘下了婚戒吗？“我的手变得这么瘦，”她说，“我把它放在钱包里了。”她告诉他。

他松开了她的手。他们的婚姻结束了，他暗忖，痛苦，却也释然。绳子割断了，他徐徐升起。他自由了，命中注定如此，他——塞普蒂默斯，人类的主宰，理应自由，孑然一身（既然他的妻子扔掉了结婚戒指，既然她已经离开了他），他——塞普蒂默斯，孑然一身，在芸芸众生之中，率先被召唤去聆听真相，学习意义。终于，在文明历经了所有漫长跋涉之后——希腊人、罗马人、莎士比亚、达尔文，现在是他自己——将被完整地传递给……“给谁？”他大声询问，“给首相。”那些在他头上沙沙作响的声音回答道。终极秘密必须告诉内阁。首先，树木是有生命的；其次，没有犯罪；再次，爱，普遍的爱。他嗫嚅道，气喘吁吁，颤抖不已，痛苦地将这些深邃的真理一吐为快。它们是如此深奥，如此艰深，需要极大的努力才能说出口，但世界将永远被它们改变。

没有罪行，爱。他重复道，笨手笨脚地摸索卡片和铅笔，此刻一只匐犬嗅了嗅他的裤子，他在极度恐惧中一跃而起。那狗正在幻化成人！他不能眼看它发生！太可怕了，目睹一只狗幻化成人真是太骇人了！狗立刻跑开了。

天堂神圣宽宏，无限仁慈。它赦免了他，原谅了他的软弱。但科学解释是什么（因为生而为人必须科学至上）？当狗幻化成人时，为什么他能透视肉体，看到未来？很可能是因为热浪，作用于一个经过亿万年演化而变得敏感的大脑。科学地说，肉体会从世间消失。他的身体已渐渐浸泡软烂，唯有神经纤维残留。他的身体像薄纱一般铺在岩石上。

他向后仰去，躺在了椅子上，筋疲力尽，但得到了支撑。他躺着休息，等待，直至再次拼尽全力、痛苦万分地向人类去诠释。他躺得很高，在世界的脊背上。大地在他身下震颤。红色的花朵从他的肉体中破土而出，僵硬的叶片在他的头颅旁沙沙作响。音乐开始在此地的岩石间回荡。这是沿街驶过的汽车喇叭声，他喃喃自语，但在这里，它在岩石间回荡、分裂，汇聚成声音的阵阵冲击，拔地而起，成为光滑的立柱（音乐应该是可见的，这是一项发现），并成为一首赞美诗，一首此刻被牧童的笛声所环绕的赞美诗（那是一个老人在酒馆旁吹着便士哨，他呢喃），当牧童站住不动，音乐从他的笛子里冒出来，然后，随着他爬得更高，脚下车水马龙，笛子奏出了精美的哀叹，如泣如诉。这牧童的挽歌在车来车往中演奏，塞普蒂默斯想。现在他退回雪中，玫瑰花簇拥着他——那些在我的卧室墙上生长的深红玫瑰，他提醒自己。音乐戛然而止。他得到了他的零钱，于是去了下一家酒馆，他推断。

但他自己仍然高高地躺在岩石之上，宛如溺亡的水手。我靠在船边，摔了下去，他心想。我沉入海底。我已经死了，但现在我又活了，还是让我休息吧，他恳求道（他又在自言自语——这太可怕了，太可怕了），就像梦醒之前，鸟儿的鸣唱与车轮的摩擦以一种奇异的和谐奏响，婉转啁啾，越来越洪亮，熟睡之人感到自己正向生命之岸靠近，他也感到自己正向生命之岸靠近，太阳越发炽热，呼喊声越发嘹亮，某种地动山摇之事即将上演。

他只需睁开眼就好，但眼皮沉甸甸的，有种恐惧感。他竭尽全力。他睁开眼，他去看，他瞧见了眼前的摄政公园。阳光长长的光束讨好似的落在他脚边。树木摇摆，舞动。世界似乎在说，我们欢迎，我们接受，我们创造。真美丽，世界似乎在说。而且，仿佛为了证明这一点（科学地证明），无论他往哪里看，看房子，看栏杆，看探过围栏的羚羊，美丽无不一跃而出。看一片叶子在气流中颤动真是赏心乐事。天空中，燕子在俯冲、急转，来来回回，一圈圈盘旋，却总是飞得恰到好处，就好像有松紧带牵引它们。苍蝇上下翻飞。太阳时而照亮这片叶子，时而照亮那片叶子，开着玩笑，润物无声地用柔和的金色光芒点亮叶片。时不时有钟声（也可能是汽车喇叭）在草茎上神圣地叮当作响——这一切，尽管平静而合乎常理，皆由普通事物构成，现在却是真理了。美，那才是真理。美无处不在。

“时间到了。”雷齐娅说。

“时间”这个词撕开了外壳，将自身财富倾泻在他身上。从他嘴里掉落下来的词语，像贝壳，像刨花，并非由他遣词造句，它们坚硬，纯白，不朽，自由翱翔，飞向一首时间颂歌中属于它们的位置，那是一首不朽的时间颂歌。他唱了起来。埃文斯在树后同他一唱一和。死者在色萨利，在兰花丛中，埃文斯唱道。他们等在那里，直到战争结束，而此刻，死者，此刻，埃文斯自己——

“看在上帝的分上，别过来！”塞普蒂默斯喊道。因为他无法正视死者。

但树枝分开了，一个身穿灰衣的人当真朝他们走来，是埃文斯！但他身上没有泥土，没有伤口，他没有改变。我必须告诉全世界，塞普蒂默斯喊道，他举起手来（当那身穿灰色西装的亡人走近时），像一尊经年累月在沙漠中独自哀悼人类命运的巨型雕塑，双手扶额，绝望的沟壑爬满双颊。而此刻，他看到了沙漠边缘的光辉，那道光渐渐拓宽，击中了那铁黑色的身影（塞普蒂默斯从椅子上半站起身），他的身后有千千万万人匍匐在地。他——这高大的哀悼者，一念之间，当面接受了整个——

“但我太不开心了，塞普蒂默斯。”雷齐娅说，她试图让他坐下。

数百万人沉痛哀悼，旷日持久地悲伤。他会转过身，他会告诉他们——片刻之后，只需再等一小会儿——这份解脱，这份喜悦，这份惊人的神启——

“时间，塞普蒂默斯！”雷齐娅重复道：“几点了？”

他在说话，他惊慌失措，这个人一定注意到了他。他在看他们。

“我会告诉你时间的。”塞普蒂默斯说道，他慢慢吞吞，昏昏欲睡，对着那个穿灰色西装的亡者神秘兮兮地微笑。在他端坐微笑时，一刻钟的报时敲响了——十一点四十五分。

这就是年轻人，彼得·沃尔什从他们跟前经过时想道。才刚上午，他们似乎就吵得很厉害，那个可怜的女孩看起来绝望极了。但是在吵什么呢，他好奇。那个穿着大衣的年轻人究竟对她说了些什么，能让她看起来那副模样？在一个美妙的夏日早晨，他们让自己陷入了怎样可怕的窘境，才会双双显得如此绝望？五年之后，回到英格兰的有趣之处，就是最初几天，事物总能变得引人注目，仿佛他从未见过恋人们在树下争吵，未见过公园里其乐融融的家庭生活。他从未见过伦敦如此迷人——遥遥的柔和，丰饶，绿意，文明，印度归来之后，他漫步草地，思索着。

对印象的敏锐正是他挫败的原因，这一点毫无疑问。即便已经到了这个年纪，他仍旧像个男孩或女孩，有着情绪波动，有着毫无理由的好日子与坏日子，为漂亮脸蛋而开心，看到打扮老土的女人就苦不堪言。当然了，印度归来后，他会爱上他遇见的每一个女人。她们身上有一种新鲜感，即使是最穷的人也比五年前穿得要好，在他看来，时尚从未如此恰当：长长的黑色斗篷，苗条，优雅，然后是似乎相当普遍的化妆习惯。每一个女人，即使是最体面的女人，也拥有盛开在玻璃罩之下的玫瑰气色，拥有像用刀片精雕细刻过的嘴唇与墨汁般的卷发，设计与艺术无处不在，某种变化无可置疑地出现了。年轻人怎么想呢？彼得·沃尔什自问。

那五年——1918到1923年——他怀疑，在某种程度上至关重要。人们看起来不一样了。报纸似乎也不一样了。比方说，现在有个人，大大方方地在一份体面的周刊里写有关抽水马桶的文章。十年前你不可能这样做——大大方方地在一份体面的周刊里写有关抽水马桶的文章。还有，女人们拿出一支胭脂棒，或一个粉扑，在公共场合化妆。在回家的船上，有很多年轻男女——他尤其记得贝蒂和伯迪——公然打情骂俏，而老母亲就坐在那里，一面编织一面看着他们，冷静得像根黄瓜。女孩会一动不动地站着，当着所有人的面往鼻子上扑粉。而且他们没有订婚，只是共度了一段好时光，双方都没有受伤。贝蒂是个钉子般硬邦邦的女孩，但绝对是个好人。她会在三十岁时成为优秀的妻子，她会在适合的时候结婚，嫁给某个有钱人，住在曼彻斯特附近的大房子里。

现在是谁这样做了呢？彼得·沃尔什问自己，他转上宽步道——嫁给一个有钱人，住在曼彻斯特附近的大房子里？最近有人给他写了一封装腔作势的长信，提到“蓝色绣球花”，是看到蓝色的绣球花让她想起了他和过去的日子——当然是萨莉·塞顿！是萨莉·塞顿——这个世上你最想不到会嫁给有钱人、住曼彻斯特附近大房子的人，那个狂野、大胆、浪漫的萨莉！

但在所有的老相识中，在克拉丽莎的朋友们当中——惠特布雷德一家、金德斯利一家、坎宁安一家、金洛克-琼斯一家，萨莉可能是其中最好的。无论如何，她总是试图从正确的角度去把握事物。反正她看透了休·惠特布雷德——那位可钦可佩的休，克拉丽莎和其他人都对他崇拜不已。

“惠特布雷德一家？”他还听萨莉说过，“惠特布雷德一家是什么人？煤炭商人。正派的生意人。”

萨莉出于某种缘故，很讨厌休。除了外表，休什么都不关心。他本该是个公爵，一定会娶一位皇家公主。当然，休对英国贵族有着最异乎寻常、最与生俱来、最崇高盲目的尊崇，远胜于他见过的任何人，就连克拉丽莎也不得不承认这一点。哦，但他是那么可爱，那么无私，为了哄年迈的母亲高兴而放弃了打猎，记得住姑妈的生日，等等。

说句公道话，萨莉看透了这一切。有一件事他记得再清楚不过，那是某个星期天的早上，在鲍尔顿爆发的一场有关妇女权利（那是老生常谈的话题）的争论，当时萨莉突然发了脾气，怒火中烧，怒斥休代表了英国中产阶级生活中最令人厌恶的一切。她告诉休，她认为他对“皮卡迪利大街那些可怜姑娘”的处境负有责任。休，那位完美的绅士，可怜的休！他那惊恐的模样前无古人！她是有意为之，后来她这样说（因为他们常在菜园里碰头，交换意见）。“他什么都没读过，什么都没想过，什么都没感觉过。”她说出这番话时极为强烈的语气依然在他耳畔回荡，那声音传得很远，远超她的认知。马童们比休更有活力，她说。他是公立学校里那类人的完美模型，她说。除了英国外，绝对没有哪个国家能培养出他这么个人。不知为何，她真的很恶毒，对休颇有微词。有事发生过——他忘了具体是什么事，就在吸烟室里，休冒犯了她——亲了她？难以置信！当然了，没有人相信针对休的任何指控。谁会信呢？在吸烟室里亲萨莉！如果是某位尊贵的伊迪丝或维奥莱特夫人，人们或许会信，但绝不会信那个身无分文、邋里邋遢的萨莉，她的爸爸还是妈妈在蒙特卡洛赌博。因为在他见过的所有人中，休是最为阿谀逢迎的势利小人——不，他完全不以为耻，反而对此扬扬自得。一目了然的参照物就是一流的贴身仆从——跟在主人后面提行李箱的人，可以放心地让他发送电报，对女主人来说不可或缺。他找到了他的工作——娶了尊贵的伊夫琳，在宫廷里谋了个小差事，照看国王的酒窖，擦亮王室用的鞋扣，穿着及膝短裤和蕾丝领圈四处奔忙。生活是多么无情！宫廷里的一个芝麻官！

休娶了尊贵的伊夫琳，他们就住在这附近，他这样想着（望向俯瞰公园的那些浮夸房子），因为他曾在其中一栋房子里吃过一次午餐，那房子就像休的所有财产一样，有着其他房子绝对没有的东西——可能是亚麻布柜子。你必须去看看它们，你必须花大量时间来赞美它们，总得赞美，无论那是什么——亚麻布柜子、枕套、老橡木家具、画作，都是休精挑细选的廉价货。但休的夫人有时会露出破绽。她是那种有点贼眉鼠眼的小个子女人，崇拜大人物。她本人几乎不值一提，但会突然脱口而出一些出其不意的话，言辞犀利，或许她还是有一些高门大户的遗风。蒸汽煤让空气变得厚重，对她来说有点过于强劲。他们就这样生活在那儿，和他们的亚麻布柜子、大师画作以及镶有一圈真正蕾丝的枕套生活在一起，每年大概收入五千到一万镑的利息，而他呢，比休大两岁，却在乞求一份工作。

他已五十三岁了，不得不来求他们将他安排到某个秘书办公室，给他寻个教小男孩拉丁文的陪读工作，听命于办公室里的某个内务官，随便什么每年能带来五百镑收入的工作都可以。因为，若是娶了黛西，哪怕有他的养老金，要靠着不足五百镑的钱生活是不可能的。惠特布雷德大概可以帮上忙，或者达洛维也行。他不介意向达洛维求助。他是个十足的好人，有点局限，有点迟钝，没错，但，是个十足的好人。无论他做什么事，都同样不动感情，格外理智，没有一丁点想象力，没有一丝丝才华，但有着他那类人难以解释的好。他本该是个乡绅，搞政治完全是浪费才华。在户外，同马和狗在一起时，最能发挥他的优势。比如说，当克拉丽莎那只毛发蓬乱的大狗落入陷阱，爪子撕裂了一半时，克拉丽莎昏了过去，达洛维承担了所有工作：包扎，做夹板，告诉克拉丽莎别犯傻。他做得多好啊。或许，这也正是她喜欢他的地方——那正是她所需要的。“现在，我亲爱的，别犯傻了。抓住这个——拿来那个。”他也常跟狗说话，仿佛它是个人。

可她怎么能吞下那些关于诗歌的言论呢？她怎么能任凭他滔滔不绝地谈论莎士比亚？理查德·达洛维站起来，一脸严肃，一本正经，说任何一个正派的人都不应该读莎士比亚的十四行诗，因为那就像是在听墙根（此外，他也不赞同那种感情）；任何一个正派的人都不应该让自己的妻子去拜访亡妻的姐妹。真是难以置信！唯一能做的就是用糖衣扁桃仁砸他——那是在晚餐时间。然而，克拉丽莎却全盘接受，觉得他是如此真诚，如此独树一帜，天知道她是不是认为他是自己见过的最具独立精神的人！

达洛维也是他和萨莉间的纽带之一。有一个他们经常去散步的花园，围墙环绕，有玫瑰花丛与巨大的花椰菜。他还记得萨莉曾摘下一朵玫瑰，在月光下驻足，因卷心菜叶子的美而惊呼（真是惊人啊，那些他已经多年未曾想起的事，如今悉数在脑海中浮现，如此生动）。那时她恳求他带走克拉丽莎，当然是半开玩笑的，救她脱离休一家、达洛维一家以及其他所有势必"扼杀她灵魂"的"完美绅士"（那段时间，她写了大量诗歌），别让她沦为纯粹的女主人，别助长她的世俗气息。然而，他必须公正地看待克拉丽莎。无论如何她都不会嫁给休。她清楚地知道自己想要什么。她的情感全在明面上。内心深处，她无比精明——比如说，她比萨莉更善于识人。总而言之，她具备纯粹的女性特质，拥有非凡的、属于女性的天赋，无论她碰巧身处何方，都能创造出属于自己的世界。她走进一间房，在门口驻足，身边簇拥着许多人，他常常目睹这般情形。但人们记住的是克拉丽莎，并不是她有多么引人注目，这与美丽无关，没有任何诗情画意可言，她从未说过任何颖悟绝伦的话语，然而，那就是她，那就是她。

不，不，不！他不再爱她了！他只是觉得，那天早上，见过她忙于剪刀和丝绸，为聚会做准备之后，他无法摆脱对她的思念。她不断回到他的脑海中，他就像身处火车车厢内，枕木不断撞击着他。这当然不是陷入爱情，这只是惦记她，评判她，三十年后重新开始试图解释她。对她的评价，首先是她很世俗，太在意等级和上流社会，一心想在世上出人头地——从某种意义上说，这都是真话，她曾向他承认过。（如果你不辞辛劳，总能让她老实交代，她很诚实。）她会说，她讨厌邋遢的人，讨厌老古董与失败者，大概就是像他这样的人，她认为人们没有权利把手插在口袋里，混吃等死，必须得做点什么事，成为什么人，而你在她的起居室里遇到的那些高贵的大人物，那些公爵夫人，那些白发苍苍的老伯爵夫人，你觉得她们距任何重要之事都有千里之遥，可对她而言，她们却代表了某种真实。她曾说过，贝克斯伯勒夫人始终昂首挺胸（克拉丽莎自己也一样，无论以任何标准衡量，她都从不懒洋洋地站或坐，她像飞镖一样笔直，事实上有点僵硬）。她说她们有一种勇气，随着年纪渐长，她越发尊重这种勇气。而这一切之中，达洛维的影子当然无处不在。那没完没了的公益精神、大英帝国、关税改革、统治阶级精神，她渐渐热衷于这些，也注定如此。她的聪慧明明两倍于他，却不得不通过他的眼睛看世界，这是婚姻生活的悲剧之一。明明有自己的想法，却必须一再引用理查德的话，就好像别人早上明明读了《晨报》，竟然还无法对理查德的想法略知一二！比如，这些派对，都是为了他，或者都是她为他着想（得为理查德说句公道话，他在诺福克务农反而会更开心）。她把自己的起居室变成某种集会地点。对此她颇有天赋。他一次又一次地看到她带着某个生涩的年轻人，扭转他，改变他，唤醒他，让他行动起来。当然，也有无数枯燥乏味的人聚集在她周围，但意料之外的奇怪人物也会出现，有时是个艺术家，有时是个作家，就是同那种氛围格格不入的怪人。而在这一切背后，则是那一系列的人际关系联络，包括拜访、留下名片、与人为善；带着一束束鲜花和薄礼四处奔波；某某要去法国，必须送他一个气垫枕。所有这些由她这类女人维持的无休止的你来我往，是对她精力的真正消耗。但她是真心实意去做的，完全出于本能。

真是太奇怪了，她是他遇到过的人里最为彻底的怀疑论者，而且很可能（这是他从前为了解释她而编造的一个理论，她在某些方面如此一览无余，在其他方面却如此难以捉摸），她很有可能对自己说，既然我们是一个注定要灭亡的种族，被锁在一艘即将沉没的船上（少女时代，她最喜欢读的是赫胥黎[1]和廷德尔[2]，他们喜欢用航海做隐喻），既然一切不过是个糟糕的玩笑，那就让我们至少能够尽人事，减轻狱友的苦痛（又是赫胥黎），用鲜花和气垫床来装饰地牢，尽可能做到体面正派。那些恶棍，那些神明，不该总是随心所欲——她的观念是，神明从不放过任何伤害、阻挠以及破坏人类生活的机会，如果你仍然表现得像个淑女，他们就会恼羞成怒。这一阶段直接出现在西尔维娅去世之后——那场可怕的意外。眼睁睁看到自己的妹妹被一棵倒下的树砸死（这全是贾斯廷·帕里的错——都是他的疏忽），一个本就濒临生命尽头的女孩，是他们当中最有天赋的一个，克拉丽莎总说，这件事足以让人变得愤世嫉俗。后来，她或许没那么确信了，她认为根本没有神明，没有人该受责备。因此她逐渐发展出这套无神论者的宗教，为了善良而行善。

1　赫胥黎（1825—1895）：英国博物学家，对海洋动物深有研究，他赞同达尔文的进化论，同当时的宗教势力激烈斗争。

2　廷德尔（1820—1893）：英国物理学家。

当然了，她很会享受生活。享受是她的天性（不过，只有上帝知道，她有所保留，他常常觉得，即便是他，过了这么多年，能为克拉丽莎画的也不过是张简单的速写）。无论如何，她内心不存苦痛，没有好女人普遍反感的那种道德优越感。她差不多享受一切。如果你和她一起在海德公园散步，便能有所感受，有时是一个郁金香花坛，有时是个婴儿车里的孩子，有时是她即兴编造的荒诞小剧目。（要是她觉得那些恋人不开心，她很可能会去和他们聊聊。）她有很强的幽默感，但她需要人，总得有人将幽默感激发出来，而不可避免的结果便是她浪费了时间，准备午餐与晚餐，举办无休无止的派对，信口开河，言不由衷，钝化自己的思维，失去辨别能力。她会坐到上座，煞费苦心地同某个可能对达洛维有用的老顽固周旋——他们了解全欧洲最骇人听闻的无聊琐事——伊丽莎白走进来，一切都得给她让道。她在读中学，上次他去的时候，她还处在那种口齿不清的阶段，是个眼睛圆圆、脸色苍白的小姑娘，没有一丝母亲的痕迹，是个沉默呆板的小东西，她将一切视为理所当然，任由母亲对她过分宠溺，然后说“我可以走了吗？”像个四岁的孩子。克拉丽莎解释道，是去打曲棍球了，语气里混合着嬉笑与自豪，而这种反应似乎只有达洛维本人才能激发出来。现在伊丽莎白“离开”了，想必她认为他是个老古董，她还会嘲笑母亲的朋友们。啊，好吧，就这样吧。变老的补偿就是这样了吧，彼得·沃尔什想着，他走出了摄政公园，手里拿着帽子，激情仍然像往常一样澎湃。但一个人终于——终于——获得了赋予生活终极风味的力量——掌握经验的力量，在光线下徐徐转动生活的力量。

真是可怕的忏悔（他又戴上了帽子），但现如今，他五十三岁了，一个人几乎不再需要别人了。生活本身，每一刻，每一滴，在这里，此时此刻，在阳光下，在摄政公园里，已经足够。事实上，是过剩了。既然人已经获得了这种力量，就会觉得一生太短，不够品尝全部的滋味，不够提取每一盎司的快乐，不够感受每一分每一毫的意义。快乐和意义都比以往更为坚实，远不再那么个人化了。克拉丽莎曾让他受苦，他不可能再去受上一遍。这一次，有好几个小时了（上帝保佑人们可以说出这些话而不被听到），甚至好几天，他完全没想到黛西。

如此说来，有可能是因为他还爱着她吗？依然铭记着那些日子的痛苦、折磨以及汹涌的激情吗？完全就是两回事——那是更为愉快的事——当然了，真相是，现在她爱上了他。而那或许就是为什么，当船真的起航时，他感受到一种异乎寻常的解脱。他最想要的就是独处，因而在船舱里发现她所有的小殷勤——雪茄、便条、航程中的毯子——都令他恼火。但凡是个诚实之人都会说出一样的话，五十岁以后人们不需要他人，不想再继续告诉女人她们很漂亮，这是大多数五十岁男人会说的话，彼得·沃尔什思忖，如果他们诚实的话。

可是呢，这些惊人的情感宣泄——今天早上泪如雨下，到底是怎么回事？克拉丽莎会怎么看他？大概会觉得他是个傻瓜，这也不是第一次了。嫉妒是这一切的根源，在人类所有强烈的情感中，嫉妒是生命力最强的一种，彼得·沃尔什手握小折刀，伸直手臂，这样想着。黛西在最后一封信中说她已经见过奥德少校。是故意这么说的，他知道，她说这些就是为了让他嫉妒，他能看到她在写信时眉头紧锁，绞尽脑汁思索可以说些什么来刺痛他，但说什么都一样，他怒火中烧！来到英格兰，会见律师，所有这一切的兵荒马乱并不是为了娶她，而是为了阻止她嫁给其他人。这才是他的煎熬之处，这才是他看到克拉丽莎如此冷静，如此冷漠，如此专注于她的裙子或其他随便什么事的时候，突然占据他心扉的感受。他意识到她本可以让他不必沦落至此，意识到她把他变成了一个呜咽啜泣、哭哭啼啼的老傻瓜。但女人们，他合上小折刀，心想，不知激情为何物。她们不知道激情对男人意味着什么。克拉丽莎冷若冰锥。她会同他并肩坐在沙发上，让他握住她的手，在他的脸颊上啄一口——他走到了十字路口。

一个声音打断了他，一个脆弱颤抖的声音，这突如其来的声音没有方向，没有活力，也没有起讫，微弱又刺耳地流淌着，其中没有任何人类所能理解的意义：

ee um fah um so
foo swee too eem oo

这声音没有年龄，亦无性别，是大地上喷涌而出的古老泉水之声；它源自摄政公园地铁站对面一个高大颤抖的物体，那庞然大物宛如漏斗，宛如生锈的水泵，宛如被风鞭策的树木，永远不生叶片，任凭风沿着枝干上下流动，唱着：

ee um fah um so
foo swee too eem oo

在永恒的微风中摇晃、簌簌、呻吟。

穿越所有时代——穿越人行道还是荒烟蔓草，还是沼泽泥淖的时代，穿越獠牙巨兽与猛犸象的时代，穿越太阳悄然升起的时代——这饱经沧桑的女人——她穿了条裙子——张开右手，左手紧抓着侧腰，伫立吟唱着爱之歌——那是持续了百万年的爱，她唱着，那战胜一切的爱，数百万年前，她的爱人，已经长眠许多世纪的爱人，她浅吟低唱，曾在五月与她同行，但在如夏日般漫长的岁月里，她记得，别无他物，只有红色的菊花绚烂如火焰，他走了。死亡的巨型镰刀扫过一座座庞大的山丘，等到最后，当她将自己花白而苍老的头颅放在地上时，大地已经化作一片冰碴，她哀求神明在她高高隆起的墓地旁放一束紫色的石楠花，那是最后的太阳散发的最后光线抚过之地。因为到那时，宇宙的盛会即将终结。

当这古老的歌谣在摄政公园地铁站对面冒出来时，大地看上去仍旧绿意盎然，花团锦簇。尽管它来自一张如此粗鄙的嘴，一个地上的洞。那洞穴泥泞不堪，根茎纤维和纠缠的青草交织密布，可是这古老的歌声汩汩作响、潺潺流淌，浸透了无数年代的盘根交错，浸透了枯骨与宝藏，如溪流，漫过人行道，沿着整条马里波恩路流淌，流向尤斯顿，润物无声，留下一道湿漉漉的水痕。

一切仍旧历历在目，在某个远古的五月，她如何同爱人一起走过这生锈的水泵，这饱经沧桑的老妇人，一只手伸出来讨硬币，另一只手紧紧抓着身侧，十万年后仍会在那儿，仍然记得曾有一次，她如何走在五月。那里如今海潮涌动，和谁一起并不重要——他是个男人，哦，是的，一个爱过她的男人。但岁月的流逝模糊了那古老五月的一天，那一日不再清晰，明媚的花朵变得灰白，覆满银霜，她再也看不见了，当她乞求他（毫无疑问，正如她此刻所做的那样）“用你那甜美的眼专注凝视我的双眼吧”，她再也看不到棕色的眼眸、黑色的络腮胡或晒得黝黑的脸庞，所见唯有一个赫然迫近的身影，一个阴翳的轮廓，她仍旧用那苍老的身躯吟唱出鸟类般清新的嗓音，对着身影唧啾“给我你的手，让我轻轻握住”（上出租车前，彼得·沃尔什忍不住给了这个可怜人一枚硬币），“如果有人看到，又有什么关系呢？”她强烈要求。她的拳头在身旁攥紧，她微笑，把那一先令放进口袋，所有好奇窥探的目光似乎都被抹去了，过往一代代人——人行道上挤满了行色匆匆的中产人群——消失无踪，如同树叶，被踩在脚下，被浸泡，湿透，被那永恒的春天浇筑成模型——

ee um fah um so

foo swee too eem oo

“可怜的老人家啊。”雷齐娅·沃伦·史密斯感叹。

哦，可怜的老妇人！等着过马路时她说。

假设那是一个湿漉漉的夜晚呢？假设她的父亲，或者曾经同她相识于好时候的人碰巧经过，看到她站在阴沟里呢？她晚上睡在哪儿呢？

那声音不可战胜的线条飘入空中，欢欣鼓舞，近乎喜气洋洋，宛如乡村小屋的烟囱里冒出的炊烟，袅袅升起，缠绕干干净净的山毛榉树，在最高处的树叶间透出一缕青烟。“如果有人看到，又有什么关系呢？”

她如此闷闷不乐，至今已经好几个星期了。雷齐娅给发生的事情赋予意义，有时甚至觉得，如果街上那些人看起来善良，她就必须拦住他们，只是为了对他们说“我不开心”，而这位在街上唱着“如果有人看到，又有什么关系呢？”的老妇人，让她忽然间确信无疑，一切都会好起来的。他们要去见威廉姆·布拉德肖爵士，她觉得他的名字很好听，他会立刻治好塞普蒂默斯。随后来了一辆酿酒商的马车，灰色的马尾巴上直立着鬃毛般的稻草，还有报纸的广告牌。如此不开心，真是个愚蠢至极的梦。

塞普蒂默斯·沃伦·史密斯夫妇就这样穿过马路，归根结底，他们身上到底有什么引人注目之处，有什么气息，能让路人怀疑这里有个怀揣世上最重要信息的年轻人呢？不止如此，他还是世界上最幸福的人，同时也是最痛苦的人。或许他们走得比其他人要慢，男人的步伐有些犹豫拖沓，但是，对一个已经多年不曾在工作日的这个时间出现在伦敦西区的职员而言，还有什么比不断地看天，看看这里，又看看那边更自然呢？就好像波特兰广场是一间房，主人离开时他走进来，吊灯悬在荷兰麻布袋里，当尘埃飞舞的长长光束落在废弃的古怪扶手椅上时，门卫掀起长长窗帘的一角，向参观者解释这是一个多么美妙的地方。多么美妙，但同时，他心想，又是多么怪异。

他的外表看上去可能是个职员，但属于职业较好的那种。因为他穿着棕色的靴子，他的双手展示出他受过良好的教育，他的侧面轮廓也是如此——他那棱角分明的大鼻子，聪慧敏感的侧脸，但不包括嘴唇，因为它们很松垮。还有他的眼睛（眼睛往往如此），只是眼睛，淡褐色，大大的。总体而言，他是个边缘案例，既不是这样，也不是那样，可能最终拥有一栋位于普利的房子和一辆汽车，或者继续在后街租住公寓，租一辈子。他属于那些受学校教育不足、自学成才的人，他们的教育全部来自公共图书馆中借来的书，结束一天的工作后，他们在晚间进行阅读，给知名作家写信，听他们的意见行事。

至于其他经历，在卧室里，在办公室里，走在伦敦的田野与街道上，那些需要凭借一己之力去克服的孤独时刻他也有过。因为母亲撒了谎，他小小年纪便背井离乡。因为他第五十次不洗手就下来喝茶，因为他在斯特劳德看不到诗人的未来，于是他去了伦敦，只告诉了亲密的小妹妹，留下一张荒谬的便条，一如伟人们都曾写过的那种便条，等到他们的奋斗故事举世闻名时，全世界都能读到。

伦敦吞噬了数百万名叫史密斯的年轻人，对塞普蒂默斯这样奇异的基督徒名字毫不在意。父母给他们取这样的名字，是为了让他们脱颖而出。他住在尤斯顿路边，有过一些经历，又叠加一些经历，比如两年时光就将一张粉嫩无辜的椭圆脸变成了一张瘦削、褶皱、充满敌意的脸。但对于凡此种种，观察力最为敏锐的朋友能说些什么呢？也只能像园丁一大早打开温室的门，发现植株上新开出一朵花时那样说：它开花了。从虚荣、野心、理想主义、激情、孤独、勇气、懒惰这些常见的种子中开出了花。这些种子全都混在一起（在尤斯顿路旁的一个房间里），令他害羞、结巴，急于自我提升，让他爱上了伊莎贝尔·波尔小姐，她在滑铁卢大街讲授莎士比亚。

难道他不像济慈[1]吗？她问道，并思索着如何能让他试着读一读《安东尼与克莉奥佩特拉》[2]。她借书给他，零零散散给他写信，在他心中点燃了一生只燃烧一次的火焰。那团火焰没有温度，那无比缥缈又空灵的红金色火焰闪烁在波尔小姐身上，同时闪烁的还有《安东尼与克莉奥佩特拉》和滑铁卢大街。他认为她很美，坚信她无比聪慧，他梦见她，给她写诗，而她无视了信的主题，用红笔进行修改。一个夏天的晚上，他看到她穿了条绿裙子在某个广场散步。“它开花了。”园丁如若打开门，可能会这样说。也就是说，如若园丁在任何一个夜晚的这个时刻走进来，发现他在写作，发现他撕掉自己写的东西，发现他在凌晨三点完成了一部杰作，冲到街上踱步，并且造访教堂，一天禁食，另一天喝酒，贪婪地阅读莎士比亚、达尔文、《文明史》和萧伯纳，都会这样说。

有事发生了，布鲁尔先生知道。布鲁尔先生是西布利和阿罗史密斯公司的事务律师助理，公司负责拍卖、估

---

1 济慈（1795—1821）：英国浪漫派诗人，著名诗篇有《夜莺颂》《希腊古瓮颂》等。

2 《安东尼与克莉奥佩特拉》：莎士比亚创作于1607年左右的罗马悲剧，源于古罗马历史学家普鲁塔克的《希腊罗马名人传》。

价、房地产代理。有事发生了，他认为。他如父亲般对待年轻人，对史密斯的能力评价颇高，预言他将在十到十五年内成功坐到里屋那张天窗下的皮椅上，被契据箱包围。“只要他能保持健康。”布鲁尔先生说。而那恰是风险所在——史密斯看起来很虚弱。布鲁尔建议史密斯踢足球，邀请他吃晚饭，并一直琢磨着推荐他加薪。然而发生了一些事，打乱了布鲁尔先生的诸多计划，带走了他最能干的年轻伙伴。最终，欧洲战争的魔爪无孔不入，它阴险狡诈，粉碎了一尊谷物女神的石膏像，在天竺葵花床上犁出了一个洞，彻底毁掉了布鲁尔先生位于马斯韦尔希尔区家中的厨师的神经。

塞普蒂默斯是第一批志愿参军的人。他去了法国，去拯救一个几乎完全由莎士比亚的戏剧与穿着绿裙子走在广场上的伊莎贝尔·波尔小姐组成的英格兰。布鲁尔先生建议他踢足球时所希冀的变化立刻在战壕里发生了：他变得充满男子气概，他得到晋升，他引起了上级军官的注意，更确切地说是喜爱，这位军官名叫埃文斯。就像两条狗在壁炉旁的地毯上玩耍，一只追咬纸团，龇牙咧嘴，猛烈撕咬，时不时咬一下老狗的耳朵，另一只则躺在那里打瞌睡，冲着炉火眨眼，抬起一只爪子，转过身好脾气地低吼。他们必须在一起，彼此分享，彼此战斗，彼此争吵。

但是当埃文斯（雷齐娅只见过他一次，她称他为“一个安静的男人”，是个结实的红发男人，在女人面前不露声色）被杀害时，就在停战协议签订前不久，在意大利，塞普蒂默斯没有表现出任何感情，也没有意识到这就是一段友谊的终结，反而庆幸自己感觉迟钝且相当理性。战争教育了他。那是崇高的。他经历了一切，友谊、欧洲战争、死亡、赢得晋升，仍旧不到三十岁，他必将幸存下来。他说对了。最后的炮弹没有击中他。他漠不关心地看着它们爆炸。和平来临时，他在米兰，被安置在一个旅店老板家里，那里有院子、鲜花和水盆，还有露天的小桌子，以及在做帽子的旅店老板的女儿们。一天晚上，当无法感知的恐慌降临到他身上时，他同老板的小女儿雷齐娅订了婚。

明明现在一切都结束了，停战协议签署了，死者得到安葬，恐惧却找上了他，雷鸣般振聋发聩，尤其是在晚上。他无法感知。意大利姑娘们坐在房间里做帽子，当他打开门时，他能看见她们，能听见她们发出的声音。她们正在碟子里摩擦彩色珠子间的金属丝，她们正将硬麻布的模型转来转去。桌子上散落着羽毛、亮片、丝绸、缎带，剪刀敲打桌面。但他丢失了某些东西，他无法感知。然而，剪刀敲打，姑娘们欢笑，她们正在制作帽子，这一切保护了他，他确信自己是安全的，他有一个避难所。但他不可能整夜都坐在那里。还有清晨醒来的时刻，床在下坠，他在下坠。哦，为了剪刀、灯光和硬麻布模型！他向雷齐娅求婚，她是两个女孩中更年轻的那一个，没心没肺，愚蠢轻浮，拥有属于艺术家的小巧手指，她会举起手说“都在这里了”。丝绸、羽毛，一切都在她手中活了过来。

“最重要的就是帽子。”每当一起外出散步时，她就会说。每见到一顶帽子，她都会仔细研究，还包括斗篷、裙子以及女人的姿态。衣着邋遢或过度打扮，都会遭她指责，但指责并不粗暴，她只是做出一些不耐烦的手势，就像画家会比画出的那种手势，不带明显恶意地将某个刺眼的赝品一把推开。然后，她会用大度又带着批判的态度，欢迎一个大胆将她变漂亮的服装店员，要么就是以热情且专业的鉴赏力，全身心赞美一位走下马车的法国女士，后者身着南美栗鼠皮草，外加长袍，颈上戴着一条珍珠项链。

“太美了！”她会嘟哝着轻推塞普蒂默斯，让他看看。但美隔绝在一块玻璃后面。她的品位（雷齐娅喜欢冰淇淋、巧克力、甜食）对他而言毫无滋味。他把杯子放在大理石小桌上。他看着外面的人，他们看起来很开心，在街道中央聚集，大喊大叫，放声大笑，为无关紧要的事争吵。但他无法体会，无法感知。在茶室里，置身于一张张桌子和喋喋不休的服务员之间，那种骇人的恐惧来势汹

汹 —— 他无法感知。他能推理，他能读书，比如读但丁，毫不费力（“塞普蒂默斯，放下你的书吧。”雷齐娅说着轻轻合上《地狱》[1]），他能计算账单，他的脑袋完好无损，那就一定是世界的错 —— 他无法感知。

“英国人真是寡言少语。”雷齐娅说。她喜欢，她说。她尊重英国人，她想看看伦敦，看看英国的马和定制套装，她还记得听一个嫁到苏活区生活的姑妈说过，那里的商店多么妙不可言。

当他们离开纽黑文时，透过火车的窗户看着英国，很有可能，塞普蒂默斯想，很有可能，世界本身就没有意义。

在办公室，他们将他擢升到一个责任重大的位置。他们为他骄傲，因为他赢得了十字勋章。“你已经履行了你的义务，接下来轮到我们了 ——”布鲁尔先生开始说，但他说不下去了，他的情绪过于激动。他们在托特纳姆法院路旁找到一处令人艳羡的居所。

他再一次打开莎士比亚。少年时代对语言的沉醉 ——《安东尼与克莉奥佩特拉》—— 完全枯萎了。莎士比亚是多么厌恶人类啊 —— 穿上衣服，诞下孩子，嘴里肚里全是坏水！此刻，它向塞普蒂默斯进行了揭示，揭示了隐藏

1　《地狱》：但丁的《神曲·地狱篇》。

在华美辞藻中的信息。一代人经过伪装之后传递给下一代人的秘密信号是厌恶、仇恨、绝望。但丁也一样。埃斯库罗斯[1]（译名）也是一样。雷齐娅就坐在桌旁装饰帽子。她为菲尔默太太的朋友们装饰帽子，按小时收费。她看起来苍白、神秘，宛如一朵百合，淹没在水下，他想。

“英国人也太一本正经了。”她会说，并伸出手臂搂住塞普蒂默斯，将自己的脸贴在他的脸颊上。

男女之间的爱对莎士比亚而言是令人厌恶的。在他眼中，交媾之事在结束前无比肮脏。但是，雷齐娅说，她必须有孩子。他们已经结婚五年了。

他们一起去了伦敦塔，去了维多利亚和阿尔伯特博物馆，站在人群中看国王召开议会。还有那些商店——帽子店、服装店、橱窗里摆着皮包的商店，她都会驻足凝视。但她必须有个儿子。

她必须有个像塞普蒂默斯一样的儿子，她说。但没有人能像塞普蒂默斯如此温柔，如此严肃，如此聪明。难道我就不能也读读莎士比亚吗？莎士比亚是一个难懂的作家吗？她问自己。

人不能把孩子带到这样的一个世界来。人不能延续

1　埃斯库罗斯（前 525—前 456）：古希腊戏剧家，被称为希腊悲剧之父。

痛苦，或为这些好色动物的繁殖添砖加瓦，它们没有持久的感情，只有心血来潮和虚荣自负，一会儿随波逐流到这里，一会儿又到那里。

他看着她剪裁、塑形，就像看着鸟儿在草地上蹦蹦跳跳，轻快翻飞，不敢动一根手指。因为真相是（让她忽略吧）人类既不仁慈，也没有信仰，所谓慈善也只是为助长眼前的快乐服务，仅此而已。他们成群结队地猎杀。他们一小撮一小撮地搜寻沙漠，尖叫着消失于荒野。他们抛弃阵亡之人。他们的面部扭曲殆尽。办公室里的布鲁尔，胡子打了蜡，别着珊瑚领带夹，穿着白衬衫，心情愉悦，内心却尽是冷漠与阴湿——他的天竺葵在战争中被毁了，他家厨师的神经被摧残了。艾米莉亚·某某，准时在五点钟递上茶杯——一个淫荡、轻浮的下流小妖精，还有汤姆与伯蒂之类的人，他们穿着上过浆的领衬前襟，身上浸透浓浓的恶行。他在笔记本里画他们赤身裸体地做各种滑稽动作，他们从没看见过。街上，货车轰鸣而过，广告牌大肆宣传暴行，男人们困在矿井里，女人们被活活烧死。有一次，一群残废的疯子排成一列，进行锻炼，不然就是展示给公众取乐（他们笑得很大声）。在去托特纳姆法院的路上，他们闲庭信步，频频点头，打他身边经过时咧着嘴笑，每个人都半带歉意，但又耀武扬威，给他的绝望无助平添悲惨。他会发疯吗？

下午茶时，雷齐娅告诉他，菲尔默太太的女儿正在期待孩子降生。她不能没有孩子就变老！她非常孤独，她非常不开心！结婚以来，她第一次哭了出来。他远远地听到她的啜泣，他准确无误地听到了，他清楚地注意到了，他把那哭声比作活塞在砰砰撞击，但他毫无感觉。

他的妻子在哭，而他毫无感觉。只是每一次，当她以这种深沉、寂静、无望的方式啜泣时，他就朝着深渊更近一步。

最后，他做出了一个戏剧化的姿势，他认为这姿势十分机械化，并且完全清楚它的虚伪——他将头埋进了手心。现在他缴械投降了，现在别人必须帮助他，必须叫人来，他投降了。

什么都无法将他唤醒。雷齐娅把他安置在床上。她叫来了医生——菲尔默太太的医生霍姆斯。霍姆斯医生给他做了检查。没有任何严重问题，霍姆斯医生说。哦，真是欣慰！多么善良的人啊，多么好的人啊！雷齐娅暗忖。一旦他有那种感觉，就到杂耍剧院去，霍姆斯医生说。和妻子一起休一天假，打打高尔夫。为什么不试试在睡前把两片溴化物溶到一杯水里呢？这些布鲁姆斯伯里的老房子啊，霍姆斯医生说着敲了敲墙，往往一屋子上等镶板，房东却愚蠢地在上面糊墙纸。就在前几天，他去看了个病人，住在贝德福德广场的某个爵士……

这样就没有借口了，除了那桩罪行外，没有任何问题，人类本性已经判决他死刑，他没有感觉。埃文斯被杀害时他漠不关心，那是最糟糕的。但清晨时分，其他所有罪行都抬起头来，摇晃手指，环绕床边的围栏，冲着那具俯卧的躯体冷嘲热讽。那副皮囊躺在那里，意识到自己的堕落。他是如何不爱妻子却娶了她，如何对她撒了谎，如何诱惑了她，如何激怒了伊莎贝尔·波尔小姐，如何千疮百孔，浑身罪恶的印迹，以至于女人们在街上看到他都会发抖。人类本性对这种恶棍的判决是死刑。

霍姆斯医生又来了。他是个大块头，气色好，英俊倜傥，他轻轻拍了拍靴子，照了照镜子，不理会所有这一切——头痛，失眠，恐惧，梦魇——神经症状，仅此而已，他说。霍姆斯医生一旦发现自己的体重低于一百六十磅，哪怕只轻了半磅，也会在早餐时让妻子再多盛一盘麦片粥。（雷齐娅得学会煮麦片粥。）但是，他继续说，健康在很大程度上是我们自己可以控制的。把自己投入外界的兴趣中去，找个爱好。他翻开了莎士比亚——《安东尼与克莉奥佩特拉》，他把莎士比亚推到一边。找个爱好，霍姆斯医生说自己之所以身体健康（而且他和任何一个伦敦男人一样辛勤工作）就是得益于他总是能把心思从病人身上转移到古旧家具上。而且，如果当讲的话，沃伦·史密斯太太佩戴的那个发插可真漂亮！

当那个该死的傻瓜再次造访时，塞普蒂默斯拒绝见他。真的吗？霍姆斯医生愉快地笑着说。真的，他不得不友好地推开那位迷人的小夫人——史密斯夫人，才能越过她，进入她丈夫的卧室。

“所以你处在恐惧中。”他一边愉快地说，一边坐到了病人边上。他的确对他的妻子谈到了自杀，她还是个小女孩，一个外国人，不是吗？这难道不会让她觉得英国丈夫都很古怪吗？生而为人，难道他对自己的妻子没有责任吗？做点什么不比躺在床上强？毕竟他可是有四十年的经验当底气，塞普蒂默斯可以相信霍姆斯医生的话——他没有任何大毛病。下次霍姆斯医生再来时，他希望看到史密斯下床，别再让那位迷人的小妻子如此忧心。

简而言之，人类本性摄住了他——那令人厌恶的、鼻孔血红的野兽。霍姆斯摄住了他。霍姆斯医生非常规律地每天都来。一旦你跌倒，塞普蒂默斯在一张明信片的背面写道，人类本性就摄住了你。霍姆斯就摄住了他。他唯一的机会就是逃跑，不让霍姆斯知道。去意大利——任何地方，任何地方，远离霍姆斯医生。

可雷齐娅无法理解他。霍姆斯医生是个那么善良的人。他对塞普蒂默斯那么感兴趣。他说他只是想帮助他们。他有四个小孩，他邀请她去喝茶，她告诉了塞普蒂默斯。

所以他被抛弃了。整个世界叫嚣着：杀了你自己，杀了你自己，为了我们。但他为什么要为了他们而自杀？食物美味，太阳炽热。何况自杀，要怎么下手，用餐刀，太难看了，血流成河；吸煤气管？他太虚弱了，几乎无法抬起手。更何况，此刻他是孤家寡人，被判死刑，被抛弃，就像那些行将就木的人一样，形单影只，其中有一种奢侈，一种充满崇高感的孤立，一种心有所系的自由，旁人永远无法了解。霍姆斯当然赢了，那头血红鼻孔的野兽赢了。但即使是霍姆斯本人，也无法触及这走失于世界边缘的最后遗骨，这个被流放之人。他正死死回望着人群聚居的区域，如溺毙的水手，躺在世界的岸边。

就是在那一刻（雷齐娅购物去了），伟大的启示出现了。屏风后有个声音开口说话。埃文斯在说话。死者与他同在。

“埃文斯，埃文斯！”他喊道。

史密斯先生在大声自言自语，女仆艾格尼丝在厨房对菲尔默太太喊道。“埃文斯，埃文斯！”她端着托盘进去时他这样说。她吓了一跳，真的。她连忙一路小跑下楼。

雷齐娅进来了，带着她的花，走进房间，把玫瑰放进花瓶。阳光直射花朵，房间霎时笑声回荡，活泼雀跃。

她不得不从街上的一个可怜男人那里买下这些玫瑰，雷齐娅说。但它们已经快死了，她说着摆弄起玫瑰。

所以外面有一个男人，大概是埃文斯。而雷齐娅说的已经半死的玫瑰，是他在希腊的田野里亲手采摘的。沟通就是健康，沟通就是幸福。沟通，他喃喃自语。

“你在说什么，塞普蒂默斯？”雷齐娅问道，她惊恐地瞪大眼睛，因为他在自言自语。

她让艾格尼丝跑去叫霍姆斯医生。她说她的丈夫疯了。他几乎不认识她了。

“你这野兽！你这野兽！”塞普蒂默斯大喊大叫，看见了人类本性走进房间，也就是霍姆斯医生。

“这都是什么情况啊？”霍姆斯医生以全世界最和蔼可亲的语气说道，“说些胡话吓唬你的妻子？”但他会给他用一些药，好让他睡觉。如果他们是有钱人，霍姆斯医生说，讽刺地环顾房间，如果他们对他没有信心，无论如何他都会让他们去哈利街[1]。霍姆斯医生说这话时，面色

1　哈利街：伦敦市中心的街道，很多私人医生在此开设门诊。

不那么友善。

刚好十二点整，大本钟敲响十二点，钟声飘荡过伦敦北部，与其他钟声汇合，同片片云朵与缕缕青烟轻飘飘地融在一起，消失于海鸥群中——十二点钟敲响时，克拉丽莎·达洛维把她的绿色裙子放到床上，沃伦·史密斯夫妇走在哈利街上。十二点是他们的预约时间。雷齐娅想，那大概是威廉姆·布拉德肖爵士的房子，前面停着一辆灰色汽车。（沉闷的音圈在空中消散。）

确实是——就是威廉姆·布拉德肖爵士的汽车，车身低，马力足，灰色面板上有非常朴素的首字母缩写，字母都连在一起，仿佛纹章的华丽在此格格不入，这个男子是幽灵般的助手，是科学的祭司。而且，因为汽车是灰的，所以为了匹配它的素雅柔和，车里堆满了灰色皮草与银灰色的毯子，以便让尊贵的夫人在等待时能够保暖。威廉姆爵士经常驱车六十英里，甚至更远，深入乡村，拜访那些被病痛折磨的有钱人，这些人能够支付威廉姆爵士合理收取的高额咨询费用。爵士夫人用毯子盖住膝盖，等了一个多小时，靠在椅背上，有时想想病人，有时，情有可原地，想想那面金墙，在她等待期间，金墙每分每秒都在升高。那面不断抬高的金墙横亘在他们与所有变故、所有焦虑之间（她勇敢地承受了这些；他们艰苦奋斗过），直至她感到自己坠入一片平静的海洋，只有香气扑鼻的风在吹拂。受到尊敬、钦佩、羡慕，几乎没什么值得期待的事了，尽管她为自己的肥胖而遗憾。每周四晚上为同行举办大型晚宴派对，要召开不定期的义卖市集，迎接皇室成员，唉，丈夫的工作量越来越大，能和他共度的时间太少太少。她有一个儿子，在伊顿公学表现良好，她还想要个女儿。不过她兴趣爱好很多：儿童福利事业，癫痫患者的病后护理与治疗，以及摄影。所以，如果有教堂正在修建，或有教堂正在衰败，她会在等待丈夫时贿赂教堂司事，拿到钥匙，拍摄照片，这些照片与专业人士的作品毫无二致。

威廉姆爵士本人已韶华不再。他工作非常努力，纯粹凭借能力赢得了自己的地位（他是一个店主的儿子）。他热爱他的职业，他在典礼仪式等场合塑造出风头无两、舌灿莲花的形象——在他受封爵士时，过往种种已经赠予了他一副沉重的躯壳，尽显疲态（病人源源不断地涌来，他的职业责任如此繁重）。这种疲倦，加上他灰白的头发，让他的个人形象更显卓越，并给予了他一种声望（在处理神经病例时至为重要）。他所具备的不仅是闪电般的技术和几乎准确无误的诊断，更重要的是同情心与老练，还有对人类灵魂的理解。他们刚一进房间他就看出来了（沃伦·史密斯夫妇），他一看到这个男人就立刻确定了，这是个极为严重的病例。这是一个完全崩溃的病例——身体和神经的彻底崩溃，每一个症状都处于晚期，他在两三分钟内就确定了（他在一张粉红色卡片上写下对问题的回答，小心翼翼地低语）。

霍姆斯医生治疗他多久了？

六个星期。

开了点溴化物？说没什么大问题？啊，没错（那些全科医生！威廉姆爵士心想。他有一半时间都花在了消除他们的愚蠢错误上。有些错误根本无可挽回）。

“你在战争中表现相当出色？”

病人狐疑着重复了“战争”这个词。

他在给词语附加某种象征性的意义，这是需要记录在卡片上的严重症状。

“战争？”病人问道。欧洲战争——那场男学生们用火药搞出的闹剧？他表现得出色吗？他真的忘了。在战争中，他失败了。

“是的，他表现得相当出色，”雷齐娅向医生保证，“他晋升了。”

“他们在办公室对你有着最高评价？”威廉姆爵士低声说，之后他瞥了一眼布鲁尔先生慷慨陈词的来信，“所以你没什么可担心的，没有经济上的焦虑。什么都不担心吗？”

他犯下了骇人听闻的罪行，被人类本性判处死刑。

“我曾 —— 我曾，”他开始说，“犯了罪 ——”

“他没有做任何错事，无论什么事。”雷齐娅向医生保证。如果史密斯先生愿意等，威廉姆爵士说，他会在隔壁房间同史密斯夫人谈谈。她的丈夫病得很严重，威廉姆爵士说。他是否威胁要自杀？

哦，有过，她哭着说。但他并不是认真的，她说。当然不是。只是需要休息，威廉姆爵士说，休息，休息，休息，在床上长时间休息。乡下有一家很温馨的疗养院，在那里，她的丈夫会得到完美照护。她问是否要离开她。很不幸，是的。我们生病时，最关心我们的人对我们没有好处。但他不是疯了，对吗？威廉姆爵士说他从未提及“发疯”，他称之为丧失了协调感。但她的丈夫不喜欢医生。他会拒绝前往。威廉姆爵士简短而亲切地向她解释了情况。他已经威胁要自杀，没有其他选择，这是一个法律问题。他会躺在乡下一栋美丽房子里，躺在床上，护士们非常出色，威廉姆爵士每周会去看他一次。如果沃伦·史密斯太太确定没有更多的问题要问 —— 他从不催促病人 —— 他们就回到她丈夫那里。她没有更多的问题要问 —— 对威廉姆爵士没有。

于是他们回到了最崇高的人身边，他是面对法官的罪犯，是暴露在高处的受害者，是逃亡者，是溺亡的水手，是写下不朽颂歌的诗人，是从生到死的上帝。他们回到了塞普蒂默斯·沃伦·史密斯身边。他正坐在天窗下的扶手椅上，盯着一张布拉德肖夫人穿宫廷礼服的照片，嘟嘟囔囔地传达着关于美的信息。

“我们已经谈完了。”威廉姆爵士说。

“他说你病得非常非常重。”雷齐娅哭着说。

“我们是在做安排，你需要去疗养院。”威廉姆爵士说。

“霍姆斯的疗养院之一？”塞普蒂默斯讥讽道。

这家伙给人的印象极差。因为威廉姆爵士的父亲是个商人，他对教养和衣着有着天然的尊重，衣衫不整会惹恼他，而更深层的原因是，威廉姆爵士向来没有时间读书，有些有修养的人进入房间，暗示医生（他们的职业要不断运用顶尖的能力）并非受过教育之人，他对这些人怀有深深的怨恨。

“是我的疗养院之一，沃伦·史密斯先生，”他说，“在那里我们会教你如何休息。”

最后还有一件事。

他相当确定，等到沃伦·史密斯先生康复如常，他绝对是这世上最不可能吓唬妻子的人，但他曾提到了自杀。

“我们都有沮丧的时候。”威廉姆爵士说。

一旦你跌倒，塞普蒂默斯对自己重复，人类本性就摄住了你，霍姆斯和布拉德肖就摄住了你，他们搜索沙漠，他们尖叫着飞向荒野，拉肢刑具和拇指夹派上用场，人类本性冷酷无情。

“他有时会冲动？”威廉姆爵士问，铅笔停在一张粉色卡片上。

那是他的私事，塞普蒂默斯说。

“没有人只为自己而活。”威廉姆爵士说着瞥了一眼妻子穿宫廷礼服的照片。

“你有着光辉的职业前途。”威廉姆爵士说，桌上有一封布鲁尔先生的信，“非常有前景的职业。”

但如果他坦白了呢？如果他沟通了呢？他们会放过他吗，霍姆斯和布拉德肖？

“我——我——”他磕磕巴巴。

但他的罪行是什么来着？他记不起来了。

“什么？”威廉姆爵士鼓励他。（但时间不早了。）

爱，树，没有罪行——他的信息是什么？

他记不起来了。

“我——我——”塞普蒂默斯磕磕巴巴。

“尽量少想自己。”威廉姆爵士亲切地说。真的，他不适合在外面走动。

他们还有什么想问的吗？威廉姆爵士会安排好一切（他低声对雷齐娅说），他会在当天晚上五点到六点之间通知她。

“把一切都交给我。”他说，然后让他们离开了。

雷齐娅此生还从未感受过如此的痛苦，从未！她请求了帮助，却被弃若敝屣！他让他们失望了！威廉姆·布拉德肖爵士不是好人。

光是那辆汽车的保养费就肯定花了他不少钱，他们走到街上时，塞普蒂默斯说。

她紧紧抓住他的手臂。他们被抛弃了。

但她还想要什么呢？

对他的病人，他给了三刻钟时间。这是一门要求严苛的科学，说到底，与之相关的系统我们一无所知——神经系统，人类大脑——如果在这门学科中，一个医生分寸感失调，那么作为医生他就失败了。我们必须拥有健康，健康就是协调，因而当一个人走进你的房间，说他是耶稣基督（一种常见的妄想），并且带着耶稣的启示，他们多半都有这种信息，并威胁要自杀，他们也常常那样，你就得援用正确的协调感，给出卧床休息的指示。是独自静默的休息，是没有朋友、没有书、没有信息摄入的休息，六个月的休息，直到一个体重 104 磅的人增重到 168 磅。

协调，神圣的协调，威廉姆爵士的女神。在威廉姆爵士走访医院、捕捉鲑鱼、在哈利街与布拉德肖夫人生了个儿子时，他都曾感受到协调。布拉德肖夫人自己也捕鲑鱼，并且拍摄照片，这些照片与专业人士的作品毫无二致。崇拜协调，由此威廉姆爵士不仅让自己功成名就，更让英格兰繁荣昌盛。他隔离这个国度的疯子，禁止他们生育，惩罚绝望，让不合时宜的人无法传播他们的观点，直到他们也共享了他的协调感——如果他们是男人，那就共享他的感觉；如果是女人，那就共享布拉德肖夫人的感觉（她刺绣、编织，一周里有四个晚上在家中陪儿子度过），由此，他的同事尊敬他，他的下属惧怕他，但病人的朋友与亲属却对他抱有最深切的感激，因为他坚持让这些能够预言的基督们（他们预言世界末日，或上帝降临）听从自己的指令，躺在床上喝牛奶。依凭威廉姆爵士对这类病例的三十年经验，以及他准确无误的直觉，他断定能预言世界末日或上帝降临就是疯狂，这种感觉，就是他的协调感。

但协调有个姐妹，她笑得更少，更难对付，是一个女神，此刻她正忙个不停——在印度的炙热与沙土中，在非洲的泥泞与沼泽中，在伦敦外围，一言以蔽之，在一切气候或魔鬼诱使人们偏离属于她的真正信仰之地——也许此刻，她正忙着推倒神龛，粉碎偶像，在它们的位置上树起她自己严苛的面容。皈依是她的名讳，她以弱者的意志为食，喜欢给人留下深刻印象，将自己的意志强加于人，喜欢把自己的容颜烙印在民众脸上。在海德公园一角，她站在一个桶上布道，身披白衣，伪装成博爱的样子，一脸忏悔地走过工厂和议会，她提供帮助，但她渴望权力，她粗暴地铲除异见者或不满之人，将祝福赐予那些仰望她、恭恭顺顺从她眼中捕捉到自身光芒之人。这位女士（雷齐娅·沃伦·史密斯感知到了）在威廉姆爵士心中也占据一席之地，尽管被他遮掩起来。她向来如此，身披某种看似合理的乔装，顶着某个可敬的名字：爱、责任、自我牺牲。他将如何工作啊——如何辛苦地筹集资金，推广改革，创立机构！但皈依，这位挑剔的女神，比起砖块更喜欢血液，她潜踪匿迹，以人类的意志为食。例如，布拉德肖夫人。十五年前，她就已经屈服。没有什么明确迹象，没有冲突争执，没有大呼小叫，只有她的意志积了水，缓缓沉入他的意志之中。她的微笑甜美，她的屈服迅雷不及掩耳。哈利街的晚餐，八九道菜，招待十到十五位专业人士，行云流水，温文尔雅。只是随着夜晚的推移，气氛稍微有点沉闷，又或者是不安，一阵神经质的抽搐，笨手笨脚、跌跌撞撞以及乱成一团的局面表明，那位可怜的女士撒了谎——相信这一点才是真正令人痛苦的事。曾经，很久以前，她自由自在地捕鲑鱼，而现在呢，对统治与权力的渴望浓墨重彩地点亮了丈夫的眼眸。为了辅佐这份渴求，她自我遏制，自我压榨，自我削减，自我修剪，步步后退，暗中窥探，以至于无法确切知晓究竟是什么让夜晚如此不快，招致千斤压顶（这很可能归咎于专业的对话，或一位伟大医生的疲劳，他的生活，布拉德肖夫人说“不属于他自己，而属于他的病人”）。确实不怎么愉快。因此十点钟声敲响时，客人们甚至是欣喜若狂地呼入哈利街的空气，然而，这种解脱是他的病人无权享有的。

在那墙上挂着画、摆放着贵重家具的灰色房间里，在磨砂玻璃的天窗下，病人了解到自己出格的程度，他们蜷缩在扶手椅里。他们看着威廉姆为他们的利益进行一种奇怪的手臂练习，他猛地伸出手臂，又迅速收回至臀部，以证明（如果病人执拗）自己是自己行为的主人，而病人却不是。在那里，一些虚弱的人崩溃了，他们呜咽、屈服；另一些人，天知道是什么毫无节制的疯狂在激励他们，他们当面高喊威廉姆爵士是个该死的骗子，甚至更为不敬地质疑生命本身。为什么要活着？他们质问。威廉姆爵士回答说生命是美好的。当然了，身披鸵鸟羽毛的布拉德肖夫人的肖像就挂在壁炉架上方，至于他的收入，每年实打实一万两千英镑。但对我们而言，他们抗议，生活并没有给予如此的慷慨。他默认了。他们缺乏协调感。也许，归根到底，没有上帝？他耸耸肩。简而言之，活着还是不活是我们自己的事。但他们搞错了。威廉姆爵士在萨里有个朋友，他在那里教授协调感——威廉姆爵士坦率地承认这是一门棘手的艺术。此外，还有亲情、荣誉、勇气和辉煌的事业。威廉姆爵士坚定地拥护这一切。一旦它们失败，他就要靠警察和社会利益来支持自己，这样会有用。他不动声色地指出，在萨里，这些反社会的冲动，比任何事物都更容易由缺乏良好血统而滋生，是能够控制住的。随后，那位女神从她的藏身之处悄然走出，登上宝座，她的欲望是镇压反抗，在别人的圣殿中烙印上自己不可磨灭的形象。赤手空拳，毫无防御，筋疲力尽，无依无靠，人们接受了威廉姆爵士的意志烙印。他猛扑，他吞噬，他让人们闭嘴。正是这种决断力与人性相结合，使得威廉姆爵士深受那些受害者亲属的喜爱。

但雷齐娅·沃伦·史密斯走在哈利街上，哭喊着她不喜欢那个人。

碾碎、切片、分割再分割，哈利街上的时钟一点一点啃噬着六月的这一天。它奉劝归顺，支持权威，齐声指出协调感的至高优势，直到堆积如山的时间渐渐减少，以至于牛津街上一家商店悬挂的商业时钟亲切而友爱地宣布，现在是一点半钟，仿佛里格比和伦兹商店很高兴免费提供这一信息。

抬头望去，它们名字里的每一个字母似乎都代表了一个小时，人们下意识地感激里格比和伦兹商店提供了由格林尼治认证的时间。这种感激（休·惠特布雷德在商店橱窗前徘徊时沉思着）自然会在过后表现为购买里格比和伦兹商店的袜子或鞋子。他如此沉思，这是他的习惯，他不会深入探究，只是浮光掠影。消亡的语言，鲜活的语言，君士坦丁堡、巴黎、罗马的生活，骑马、射击、网球，这些曾经是他的生活。心怀叵测的人声称他现在守卫白金汉宫，穿着丝绸长袜和及膝短裤，看守无人知晓的东西。但他做事效率奇高。他在英国社会的精英阶层浮沉了五十五年。他认识首相。人们认为他深情厚谊。哪怕真的没有参与任何伟大的当代运动或担任要职，他也有一两项细枝末节的改革值得称道：改善公共避难所就是其中之一，保护诺福克的猫头鹰则是另一桩功绩。女仆们有理由对他感激涕零，他在写给《泰晤士报》的信末署名，寻求资金，呼吁公众保护环境、清理垃圾、减少烟雾及消除公园中的不道德行为，这些都值得尊重。

他驻足片刻（一点半的钟声消失后），批判而威严地看着袜子与鞋子，身姿伟岸，无可挑剔，真材实料，仿佛他是从高处俯瞰世界，并穿着与之相配的衣裳。但他也意识到体型、财富、健康所涉及的责任义务，并且，即使在不那么必要的情况下，他也一丝不苟地遵守那些微不足道的礼节和老派的仪式，这些细节给他的举手投足赋予了品质，让人效仿，让人记住他。比如说，他去和已经相识二十年的布鲁顿夫人吃午饭时，绝不会空手前往，一定会带上一束康乃馨，并问候布鲁顿夫人的秘书布拉什小姐在南非的兄弟。不知为何，布拉什小姐明明在各个方面都缺乏女性魅力，却对他的殷勤非常反感，她说“谢谢，他在南非一切都好”，然而过去六年，他在朴次茅斯过得很糟。

布鲁顿夫人其实更喜欢理查德·达洛维，他在同一时刻抵达。实际上，他们在门口相遇了。

布鲁顿夫人当然更喜欢理查德·达洛维。他由更精致的材料加工而成。但她不会任人贬低她可怜的、亲爱的休。她永远不会忘记他的善良——他真的很好心——她忘记了具体是怎样的情形。但他确实是相当好心肠。无论如何，一个人与另一个人的区别并没有那么重要。她从来都看不出把人掰开揉碎了分析有什么意义，克拉丽莎·达洛维就是那样——把人切开，再拼回去。一个人到了六十二岁，无论如何都不会再那么做。她面露生硬而严肃的微笑，接受了休的康乃馨。没有别人来了，她说。她把他们骗来这里，是为了帮她解决一个难题——

“但我们先吃饭吧。”她说。

于是一场无声而考究的穿梭拉开序幕，穿围裙戴白帽的女仆们穿过旋转门进进出出。女仆不是必需，但在一点半到两点之间的梅菲尔[1]，在女主人们实践的一场神秘或伟大的骗局当中，她们是行家里手，挥一挥手，车流停止，率先取而代之的就是有关食物的幽邃幻觉——无须付费，餐桌会自动布置好玻璃杯与银质器皿，小垫子，盛放水果的红色茶托，覆盖棕色奶油薄膜的大菱鲆，在炖锅里的鸡块，火焰燃烧，五彩纷呈，充满异域情调，随着葡萄酒与咖啡的登场（不付费），一派欢乐幻象冉冉升起在若有所思的眼前，在温柔推测的眼前，眼前的生活似乎歌舞升平，神秘莫测。眼睛被点燃了，愉快地欣赏那些美丽的红色康乃馨。布鲁顿夫人（她的动作总是生硬笨拙）把花放在了盘子旁边，因此休·惠特布雷德感到与整个宇宙和平共处，同时完全确信自己的地位，他放下叉子，说道：

“它们同您的蕾丝相得益彰，不是吗？”

1　梅菲尔：伦敦的上流社会住宅区。

布拉什小姐特别反感这种亲昵。她认为他是个没教养的家伙，这让布鲁顿夫人发笑。

布鲁顿夫人拿起康乃馨，相当僵硬地举着，同她身后画像中将军手握卷轴的姿态如出一辙。她定住了，出了神。现在她是何人，将军的曾孙女？曾曾孙女？理查德·达洛维问自己。罗德里克爵士，迈尔斯爵士，塔尔博特爵士——就是这样。在这个家族里，面容特征在女性身上延续了下来，真是奇异。她自己本该是龙骑兵的将军。而理查德会高高兴兴在她手下服役。他对她怀有至高敬意，他对这些名门望族中保养得当的年迈女性怀有浪漫看法，并且珍视这些看法，乐意以他幽默宜人的方式，带一些他熟悉的热血青年来同她共进午餐，仿佛她的格调可以由亲切喝茶的热心人给滋养出来！他了解她的故乡，了解她的亲人。那里有一株葡萄藤，仍在结出果实，不是洛夫莱斯[1]就是赫里克[2]曾在树下小坐——她自己一句诗都没读过，但故事就是这样流传的。最好等一等再把困扰她的问题抛给他们（事关向公众呼吁，若要如此，要以什么方式去呼

1 洛夫莱斯（1618—1658）：英国17世纪著名诗人和骑士，以其优雅而感人的诗歌闻名。

2 赫里克：罗伯特·赫里克（1591—1674），英国诗人，其创作深受玄学派鼻祖约翰·但恩的影响。

吁，诸如此类），最好等到他们喝完咖啡，布鲁顿夫人暗忖，于是把康乃馨放到了盘子旁边。

“克拉丽莎怎么样？”她突然问道。

克拉丽莎总是说布鲁顿夫人不喜欢她。确实，布鲁顿夫人盛名在外，对政治的兴趣远远多过对人的兴趣。她说话像男人，曾在八十年代参与过一些臭名昭著的阴谋，如今开始在回忆录中被人提及。她的客厅里有一个凹室，凹室里有一张桌子，桌上有一张已故塔尔博特·摩尔将军的照片，他曾在那里（八十年代的一个晚上），当着布鲁顿夫人的面，经过她的确认，或许还有建议，写了一封电报，命令英国军队在一个历史性场合继续挺进。（她保留了那支钢笔，并讲述了这个故事。）因此，当她漫不经心地提起“克拉丽莎怎么样”时，丈夫们很难说服自己的妻子相信这并非不喜欢。确实，无论多么忠诚，他们也都暗暗怀疑自己的判断。有些女人经常妨碍丈夫，阻挠他们接受国外职位，并且还非要丈夫在会议期间带她们去海边治疗流感，她对这些女人饶有兴趣。然而，她的询问——“克拉丽莎怎么样”——被女人们准确无误地认作表达关怀的信号。这信号来自一位几乎缄口不言的同伴，她的表达（一生之中恐怕也只有五六次）意味着对某种女性关系的认可，这种情谊流动于男人们的午餐会之下，用一根独特的纽带将布鲁顿夫人和达洛维夫人联系在一起。她们很少见面，见面时也表现得冷漠甚至敌对。

“我今天早上在公园里遇到了克拉丽莎。”休·惠特布雷德说道，他埋头于炖锅之中，急于给自己寻一个小小的奖赏。他只要一来伦敦，就会立刻遇上所有人。但他贪吃，是她认识的所有人里最贪吃的，米莉·布拉什心想。她以毫不退让的公正观察男人，看他们是否能持续奉献，尤其是对女性。她瘦骨嶙峋、身单影薄、棱角分明，毫无女性魅力。

“你知道谁在城里吗？”布鲁顿夫人突然间想起了她，说，“我们的老朋友，彼得·沃尔什。”

他们都笑了。彼得·沃尔什！达洛维先生是真的高兴，而惠特布雷德先生只想着他的鸡肉，米莉·布拉什心想。

彼得·沃尔什！在场的三个人，布鲁顿夫人、休·惠特布雷德和理查德·达洛维都记得同样一件事——彼得曾多么热烈地坠入爱河，结果却惨遭拒绝，他远赴印度，挫败失意，搞砸了一切。理查德·达洛维也非常喜欢这位亲爱的老朋友。米莉·布拉什看到了这一点，看到了他棕色眼眸中的窅深，看到了他的犹豫、斟酌，这勾起了她的兴趣，毕竟达洛维先生总能勾起她的兴趣。她很好奇，关于彼得·沃尔什，他在想什么呢？

彼得·沃尔什曾经爱过克拉丽莎，午餐后他会直接回去找克拉丽莎，他会直截了当地告诉她，他爱她。是的，他会这么说。

米莉·布拉什一度快要爱上这种沉默，达洛维先生总是那么可靠，也是个绅士。如今，布鲁顿夫人四十岁了，她只需点点头，或是突然稍稍扭头，米莉·布拉什就能接收到信号，无论她正多么沉浸地思索着超脱精神。她拥有未被腐蚀的灵魂，生活无法欺骗这样的灵魂，因为生活连最最不值钱的小饰品都不肯给予她，她没有一缕卷发，没有美丽的微笑、嘴唇、脸颊、鼻子，什么都没有。布鲁顿夫人只需点点头，珀金斯就会接到指示，加快速度上咖啡。

“是的，彼得·沃尔什回来了。”布鲁顿夫人说。这对他们所有人来说都是一种模糊的奉承。他回来了，遍体鳞伤，一事无成，回到了他们安全的海岸。但要帮他嘛，他们掂量着，又不太可能，他性格上有缺陷。休·惠特布雷德说当然可以向某某人物提到他的名字。他忧郁又必然地皱起眉头，想到将要写给政府办公室负责人的信，关于“我的老朋友，彼得·沃尔什”等等。但这不会有任何结果——不会有一劳永逸的结果，因为彼得有性格缺陷。

“和某个女人纠缠不清。”布鲁顿夫人说。他们都猜到这是问题的根源。

“无论如何，”布鲁顿夫人急于撇开这个话题，说道，“我们应当听彼得自己讲述全貌。”

（咖啡上得特别慢。）

“地址呢？”休·惠特布雷德低声问，身着灰衣的仆人们当即有了反应。他们日复一日围在布鲁顿夫人身边，奔忙、收集、拦截，把她包裹在一层精密的网纱中，粉碎冲击，减轻干扰，给布鲁克街的房子罩上一张细密的网，事物固定其中，由头发灰白的珀金斯准确迅速地进行拣选，他已经跟随布鲁顿夫人三十年。此刻他写下了地址，递给惠特布雷德先生，后者拿出记事本，扬起眉毛，把地址夹在那些至关重要的文件当中，说他会让伊夫琳邀彼得共进午餐。

（他们一直等到惠特布雷德先生弄完才上咖啡。）

休真是慢吞吞的，布鲁顿夫人心想。他变胖了，她注意到了。理查德总是保持状态良好。她正在失去耐心，她整个人都在说一不二、毫无疑问、专横跋扈地把所有不必要的琐事（彼得·沃尔什和他的那些事）拂到一边，专注于那个吸引她的注意力的主题。而且，不仅吸引了她的注意力，还占据了她的灵魂，那是她不可或缺的组成部分，没有了它，米莉森特·布鲁顿就不会成为米莉森特·布鲁顿。那个计划是让出身于体面家庭的年轻男女移居国外，并为他们描绘蓝图，在加拿大，必将诸事顺遂。她言过其实了。她可能失去了自己的协调感。对其他人而言，移民并非灵丹妙药，也不是什么壮丽的构想。对他们而言（对休、理查德，甚至对忠诚的布拉什小姐而言），移民并不是被压抑的自我中心主义的解放途径。一个强壮的女战士，营养充足，出身良好，血气方刚，感情用事，没什么内省能力（心胸宽广，为人简单——为什么就不能人人心胸宽广，为人简单呢？她问）。一旦青春逝去，就会感觉到体内的变化，必须排遣到某个目标上——可能是移民，可能是解放，但无论是什么，她的灵魂总是专注于这一目标，不可避免地变得五光十色，熠熠生辉，半像镜子，半像宝石，她时而小心翼翼地隐藏起来，谨防人们讥诮它，时而又骄傲地展示出来。简而言之，移民在很大程度上已经成为布鲁顿夫人本身的一部分。

但她必须写信。给《泰晤士报》写一封信，正如她常常对布拉什小姐所言，比组织一次去南非的考察（她在战争中做过）还要耗费心力。经过一个早上的战斗，开头，撕掉，再开头，她时时感到自己身为女人的无用，在其他任何场合她从来没有这种感觉，于是满怀感激地想到了休·惠特布雷德，他掌握写信给《泰晤士报》的艺术，这是毋庸置疑的。

他是个从头到脚都和她截然不同的人，他精通语言技艺，能够以编辑喜欢的方式组织语言，拥有不能简简单单称为贪婪的激情。布鲁顿夫人非常尊重男人与宇宙法则的神秘一致性（女人没有这种一致性），从而暂停对他们的评判，他们知道如何陈词，知道人们说了什么，所以如果理查德给她建议，而休为她写信，她就确信自己在某种程度上是正确的。因而她让休吃舒芙蕾，问候可怜的伊夫琳，一直等到他们抽烟时才说：

“米莉，你能去把文件拿来吗？”

布拉什小姐出去，又回来，把文件放到了桌上。休拿出了钢笔，他的银钢笔，他拧开笔帽，说这支笔已经用了二十年。它仍然完好如初，他给制造商看过，毫无理由，他们说，它怎么可能磨损呢？这算是对休的某种赞扬，也是赞扬他对钢笔倾泻过的情感（理查德·达洛维感觉到的）。此刻休开始小心翼翼地在页边空白处写大写字母，并在字母上画圈，从而不可思议地将布鲁顿夫人的纠结变得条理分明，语法清晰。目睹这化腐朽为神奇的惊人过程，布鲁顿夫人觉得就连《泰晤士报》的编辑也得肃然起敬。休速度很慢。休很执拗。理查德说做人必须冒险。休提出，为了尊重人们的感情，要对言辞进行修饰，当理查德报之以捧腹大笑时，休犀利地说：“必须考虑到。”他还朗读出来：“因此，我们认为时机已经成熟……我们的人口日益增长，其中的过剩青年……是我们对死者的亏欠……”理查德认为这些全是空话和胡扯，但是没什么坏处，这是当然的。休继续按字母顺序，起草最高贵的观点，把背心上的雪茄灰掸掉，不时总结一下他们已经取得的进展，直到最后，他朗读信的草稿，布鲁顿夫人确信这是一篇杰作。她要表达的意思，竟然可以听起来是这种效果吗？

休无法保证编辑一定会刊登它，但他会在午餐时见一见某个人。

于是，平时鲜少优雅行事的布鲁顿夫人，把休带来的所有康乃馨都塞进了前襟，挥舞双手称他为“我的首相！”要是没有他们俩她该怎么办呀。他们站了起来。理查德·达洛维像往常一样信步走开，去看将军的画像，因为他打算但凡得空，就写一部布鲁顿夫人的家族史。

米莉森特·布鲁顿对她的家族感到非常自豪。但他们可以暂缓，他们可以暂缓，她看着那幅画，说道。她的意思是她的家人，军人、行政官、海军上将，都是行动派的男人，他们尽了他们的职责，而理查德的首要职责也是他对国家的责任，但写一部家族史应该相当不错，她说，所有资料都给理查德准备好了，就在阿尔德米克斯顿，时机一到便可开始，她指的是工党政府垮台。“啊，有印度的消息！”她喊道。

而后，当他们站在大厅里，从孔雀石桌上的碗里取出黄色手套时，休以完全不必要的礼节向布拉什小姐奉上无人要的戏票或是其他恭维，她从心底里厌恶，脸红得像块红砖头。理查德转向布鲁顿夫人，手拿帽子，说：“我们今晚会在派对上见到您吧？”布鲁顿夫人因此恢复了受写信一事重创的伟岸气势。她可能会去，也可能不会去。克拉丽莎精力无限。派对让布鲁顿夫人恐惧。但另一方面，她正垂垂老矣，她站在门口，如此暗示。她端庄优雅，站得笔直，而松狮犬在她身后伸懒腰，布拉什小姐手中堆满文件，消失在背景之中。

布鲁顿夫人略显笨拙地、威严地上了楼，她回到自己的房间，躺在沙发上，舒展着一只手臂。她叹了口气，打起鼾来。她并没有睡着，只是睡眼惺忪，昏昏沉沉，睡眼惺忪，昏昏沉沉，就像这个炎热的六月天里，阳光下的三叶草地，蜜蜂四处飞舞，还有黄色的蝴蝶翩跹。她总是闪回德文郡的那些田野，在那里，她曾同她的兄弟莫蒂默和汤姆一起，骑着她的小马帕蒂跳过小溪。还有那些狗，还有那些老鼠，还有父母在树下的草坪上摆出茶具，花坛里种满大丽花、蜀葵和蒲苇，而他们这些小坏蛋，总是在搞恶作剧！因为恶作剧搞得浑身污泥，于是为了不被人发现，偷偷穿过灌木丛溜回来。老保姆曾经数落过她的裙子！

啊，亲爱的，她记得——这是布鲁克街的星期三。那些善良的好人，理查德·达洛维，休·惠特布雷德，在这样一个炎热的日子里穿街而去，街上的车流咆哮声传到躺在沙发上的她耳中。权力是她的，还有地位、收入。她曾活在她那个时代的最前沿。她有过好朋友，结识过那个时代最具才干之人。伦敦的喁喁私语涌向她，她的手耷拉在沙发背上，握着某根想象中的指挥棒，一如她的祖辈可能握过的那种。她睡眼惺忪，昏昏沉沉。她握着它，似乎即将指挥向加拿大行军的营队，那些好人穿过伦敦，他们的领地，那块像小小的地毯的地方，梅菲尔区。

他们离她越来越远，通过一根细细的丝线同她相连（因为他们同她共进了午餐），随着他们穿过伦敦，这根线会越拉越长，越拉越细，就好像一个人在与朋友们共进午餐后，朋友就被一根细线连接到了他身上。随着钟声响起，报时或打铃服务开始，这根线（当她在那里打盹时）越发模糊，如同一根沾满雨滴的蜘蛛丝，不堪重负，摇摇欲坠。她就这样睡着了。

就在米莉森特·布鲁顿躺在沙发上，任凭那根线断掉，打起鼾时，理查德·达洛维和休·惠特布雷德则在康迪街拐角处踟蹰。逆风在街角抽打，他们看向一家店铺的橱窗。

他们不想买东西，也不想说话，只是想分开，但逆风在街角抽打，身体里的潮汐节律有些停滞，上午和下午这两股力量狭路相逢，他们停下了脚步。一张报纸招贴画飞向空中，起初如风筝般英勇，随后停顿，俯冲，颤动。一位女士的面纱悬挂着，黄色的遮阳篷在抖动。早晨匆忙的交通慢了下来，街道空了大半，孤零零的车辆心不在焉地嘎吱嘎吱往前开。理查德·达洛维约略想到了诺福克，在那里，一阵温柔和煦的风吹开花瓣，拨乱流水，吹皱鲜花盛开的草地。晒干草的工人们辛勤劳作了一早上，正斜靠在树篱下打盹。他们拨开绿叶交织而成的帘幕，移开颤抖的球状峨参，去看天空，湛蓝、永恒不变、炽热的夏日天空。

理查德意识到自己正在看一个银色的双柄詹姆斯一世马克杯，而休·惠特布雷德则以鉴赏家的姿态，居高临下地赞美一条西班牙项链，他想问问价格，万一伊夫琳喜欢呢——可理查德还是昏昏欲睡，无法思考或行动。生活抛出了这些“残骸”。满是斑斓的人造宝石的橱窗，人了无生气地站在那儿，一副老人家没精打采的模样，也像硬化的老人家一样浑身僵挺，就那么往里看。伊夫琳·惠特布雷德可能会想买这条西班牙项链——她可能会。他必须打个哈欠。休要去店里了。

“没问题！”理查德说着跟了进去。

天知道他并不想和休一起买项链。但身体自有节律。上午遭遇下午，像一艘脆弱的小船在深深的、深深的洪流中漂荡，不堪重负，布鲁顿夫人的曾祖父和他的回忆录，还有他在北美的战役，都被淹没，沉底了。米莉森特·布鲁顿也一样。她沉了下去。理查德一丁点儿也不关心移民结果，至于那封信，编辑是否刊登都无所谓。项链长长地垂在休那可钦可佩的手指间。如果他必须买珠宝，就让他买给一个女孩吧 —— 任何女孩，大街上的任何女孩。因为给伊芙琳买项链让他感到生活毫无价值，这种感觉有力地打击到了理查德。如果他有个儿子，他会说，工作，工作。但他只有伊丽莎白，他宠爱他的伊丽莎白。

“我想见见杜本内先生。”休用他那唐突的世故方式说道。看来这个杜本内知道惠特布雷德夫人的颈围，或清楚她对西班牙珠宝的看法，以及她在这方面的收藏范围（休想不起来了）。这就更奇怪了。这一切对理查德·达洛维而言都古怪极了。因为他从不送克拉丽莎礼物，除了两三年前送过一个手镯，还不大成功。她从未戴过。想起她从未戴过那只手镯，就让他痛苦。就像一根蜘蛛丝，左摇右摆后黏上了叶梢，理查德的思绪从倦怠中恢复过来，此刻落在他的妻子克拉丽莎身上，这是彼得·沃尔什曾热烈爱过的人。理查德眼前忽然浮现出了她在吃午餐的幻象，他自己和克拉丽莎，他们举案齐眉的生活，他把那盘古旧珠宝拉到跟前，先拿起一枚胸针，然后拿起一枚戒指。“这个多少钱？”他询问，但怀疑自己的品位。他想打开起居室的门，进门时掏出点什么，是给克拉丽莎的礼物。只是，是什么呢？但休又站了起来。他的自大难以言表。真的，跟这个店来往已经三十五年了，他可不会让一个不懂业务的毛头小子打发了他。杜本内先生似乎不在，所以在杜本内先生回来前，休什么都不会买。年轻人因此脸红了，毕恭毕敬地微微鞠了一躬。这一切无可指摘。然而，理查德无论如何也说不出那种话！这些人为什么能忍受那该死的傲慢？他无法理解。休正日益变成一个令人难以容忍的蠢货。理查德·达洛维无法容忍同他相处超过一小时。于是，理查德轻轻挥了挥他的圆顶礼帽以示告别，迫不及待地转过了康迪街的街角，是的，非常迫不及待，去追寻那根连接他和克拉丽莎的蜘蛛丝。他要直接去找她，去威斯敏斯特。

但他想在进门时手里拿点什么。花？是的，花，毕竟他不相信自己对金饰的品位。多少花都行，玫瑰，兰花，为一件大事而庆祝，无论怎么衡量，都是件大事。午餐时，他们谈到彼得·沃尔什时，他对她的这份感觉，他们从未谈论过，多年未曾谈论过。他一边想，一边抓紧了手中红白相混的玫瑰（用薄绉纸包成一大束）。感情是世上最大的错误。时机到了，却不能说，太害羞了，说不出口，他想着，把找零的六便士还是两便士塞进口袋，将那一大捧花紧紧抱在怀中。去威斯敏斯特，直截了当说出那句话（随便她怎么想他都好），奉上他的花，“我爱你。”为什么不呢？真的，这真的是奇迹，想想战争，想想成千上万的可怜人，他们原本还有漫长的人生要度过，却被铲成一堆，被人遗忘得差不多了。真是个奇迹，此时此刻，他正穿过伦敦，要去直截了当地告诉克拉丽莎，说他爱她。人们从来不说这话，他想。有懒惰的原因，也有害羞的原因。而克拉丽莎——很难去想象她的样子，除非是灵光乍现，比如吃午饭时，他清晰无疑地看到了她，看到了他们的全部生活。他在十字路口停下来，反复思量——他天性单纯，不曾堕落，因为他曾长途跋涉，开枪射击。他义无反顾，坚持不懈，维护受压迫者的权益，在下议院中追随本心。他在这份淳朴中保存了自我，但同时又变得寡言少语，僵化刻板——他重复这是个奇迹，他竟然娶了克拉丽莎。一个奇迹——他的生活是一个奇迹，他一边想，一边犹豫着要不要过马路。看到五六岁的孩子们独自穿过皮卡迪利大街时，他觉得血液沸腾。警察应该立即阻断交通。他对伦敦警察不抱幻想。事实上，他正在收集他们渎职舞弊的证据。那些小贩，不允许在街上摆摊；还有那些妓女，上帝啊，错不在她们，也不在年轻男子，而在我们万恶的社会制度。凡此种种，他在考量这一切。看得出他在考量，他头发花白，坚持不懈，矮小精干，干净整洁，此刻他正穿过公园，要去告诉他的妻子，他爱她。

待他步入房间时，他要直截了当地说出来。因为从不说出自己的感受实在万分遗憾。他一边想，一边穿过格林公园。他愉快地观察到树荫下躺着一大家子又一大家子的人，都是贫穷的家庭，四仰八叉地躺着。孩子们蹬腿，吸奶，纸袋扔得到处都是，如果人们抗议，那些穿制服的胖绅士轻而易举就能给捡起来。他认为，在夏季，每个公园，每个广场，都应该对孩子们开放（公园的草地星光闪烁，照亮了威斯敏斯特贫穷的母亲和她们爬来爬去的婴儿，宛如有一盏黄色的灯在下方移动）。但对女性流浪者，又能做点什么呢，比如那个可怜的女人，伸直胳膊（仿佛把自己扔在地上，摆脱了所有束缚，好奇地观察，大胆地推测，考虑着原因与理由，她放肆鲁莽，嘴唇松弛，行为滑稽），他不知道该怎么办。理查德·达洛维像手持武器般捧着花，靠近了她。他目不斜视地从她身边经过，但还是有时间在他们之间擦出一星火花——看到他时她笑了，他回以心平气和的微笑，他考虑着女性流浪者的问题，他们绝不会对话。但他要告诉克拉丽莎他爱她，直截了当。他曾嫉妒彼得·沃尔什，嫉妒他和克拉丽莎。但她经常对他说，没有嫁给彼得·沃尔什是对的。对此，但凡了解克拉丽莎，就知道这是显而易见的事实，她需要支持。并不是她软弱，而是她想要支持。

至于白金汉宫（像一个身着通体白衣面朝观众的年迈歌剧女主角），你不能否认它有几分尊贵，他思索，也不能轻视它，毕竟，在上百万人眼中（一小群人正在大门口等着看国王乘车出巡）它是一个象征，尽管这如此荒谬，拿着一盒积木的孩子都能做出更好的来，他心想。看着维多利亚女王的纪念碑（他还能记得她戴着牛角眼镜，驾车穿过肯辛顿），那白色的石墩，那翻滚的母性。但他喜欢被霍萨的后裔统治[1]。他喜欢连贯，以及传递旧日传统的感觉。那是个伟大的时代，若能生活在其中就好了。他自己的生活是个奇迹，不要误会这一点，此时此刻，他正值盛年，朝威斯敏斯特的家走去，去告诉克拉丽莎他爱她。这就是幸福，他想。

就是这样，走进牧长园时，他念叨着。大本钟开始敲

1 相传霍萨和哥哥同为第一批迁到不列颠岛的盎格鲁-撒克逊人的领袖，英格兰肯特王国的历代国王是其后裔。

响，先是预报，乐声悠扬，随后是报时，不容推翻。午餐派对浪费了整个下午，他这么想的时候已走到了家门口。

大本钟的钟声淹没了克拉丽莎的起居室，她坐在写字台前，前所未有地恼火，又担心，又恼火。千真万确，她没有邀请艾莉·亨德森来参加派对，但她是故意为之。现在马舍姆夫人却写信说她已经告诉艾莉·亨德森了，她要问问克拉丽莎——艾莉非常想来。

可是，她为什么非得邀请伦敦所有无聊的女人来她的派对呢？马舍姆夫人为什么要干涉？还有伊丽莎白，这段时间一直和多丽丝·基尔曼泡在一起。她无法想象更令人作呕的事了。这个时候竟然和那个女人一起祈祷。钟声以它忧郁的波浪淹没了整个房间，退去，再重整旗鼓，卷土重来，走神间她听到窸窸窣窣的摸索声，有人在抓门把手。这时候能是谁？三点，上帝啊！已经三点了！钟声以压倒性的直率和庄严敲响了三点，她没再听见别的声音，但门把手转动了，理查德进来了！多么惊喜！理查德进来了，拿出了花。在君士坦丁堡，她曾让他失望过。而布鲁顿夫人，据说她的午餐派对特别有意思，却没有邀请她。他拿出了花——玫瑰，红玫瑰与白玫瑰。（但他无法迫使自己说出他爱她，无法直接表达。）

真美啊，她一边说一边接过花来。她明白，不用他说她就明白，他的克拉丽莎。她把花放进壁炉架上的花瓶里。它们看起来真美啊！她说。有趣吗？她问。布鲁顿夫人问候她了吗？彼得·沃尔什回来了。马舍姆夫人写了信来。她必须邀请艾莉·亨德森吗？基尔曼那个女人在楼上。

“不过，我们坐个五分钟吧。”理查德说。

客厅看起来那么空荡。所有的椅子都靠着墙。他们都在忙什么？哦，是为派对做准备。不，他没有忘记派对。彼得·沃尔什回来了。哦，是的。她已经见过他。他打算离婚，他爱上了那边的某个女人。他一丁点儿也没变。她就在那儿，修补她的裙子……

“想起了鲍尔顿。”她说。

“午餐也有休。”理查德说。她也见过了他！好吧，他变得让人完全无法忍受。给伊夫琳买项链，比以往更胖，一个让人受不了的蠢货。

“我突然想到‘我本来可能会嫁给你’。”她说，想到彼得坐在那里，打着小巧的领结，拿着那把刀，打开，合上，“他总是那样子，你知道的。”

他们在午餐时谈论了他，理查德说。（但他无法告诉她他爱她。他握住她的手。这就是幸福，他想。）他们为米莉森特·布鲁顿写了封信给《泰晤士报》。那是唯一适合休做的事。

“我们亲爱的基尔曼小姐呢？”他问。克拉丽莎觉得这些玫瑰真美，刚开始全挤在一起，现在却自行分开了。

“我们刚吃完午餐基尔曼就到了，”她说，“伊丽莎白脸红了。她们把自己关在屋里。我猜她们在祈祷。”

天啊！他不喜欢这样，但若你任其发展，这些事情总会过去的。

“穿着雨衣，带着伞。”克拉丽莎说。

他没有说“我爱你”，但他握住了她的手。这就是幸福，就是这样，他想。

“但为什么非得邀请伦敦所有无聊的女人来我的派对呢？”克拉丽莎抱怨。若是马舍姆夫人办派对，会邀请她这边的客人吗？

“可怜的艾莉·亨德森。”理查德说。克拉丽莎对自己的聚会如此上心，真是怪哉，他心想。

但理查德对房间该是什么样没有概念。不管怎样——他要说什么来着？

早知道这些派对让她这么操心，他就不让她办了。她希望自己嫁的是彼得吗？但他必须走了。

他必须走了，他说着站了起来。但他杵了片刻，仿佛要说些什么。她想知道他想说的是什么？为什么买了玫瑰花？

“某个委员会？”他打开门时，她问道。

“亚美尼亚人。”他说，或者他说的可能是“阿尔巴尼亚人”。

而且人们有一种尊严，有一个独处空间，哪怕是在夫妻之间也有一道海峡，这是必须尊重的，克拉丽莎目送他打开门，想道，因为人不可能放弃独处，或者违背丈夫的意愿，剥夺他的独处空间，同时还能保有独立和自尊——毕竟，独立空间是无价之宝。

他带着枕头和一床被子回来了。

“午餐后彻底休息一小时。”他说道，然后离开了。

多像他啊！他会一直说“午餐后彻底休息一小时”，直到时间尽头，因为有个医生曾经这么要求过。他就是这样，总照字面意思去理解医生的话，这是他可爱又神圣的单纯心性的一部分，没有人能与他匹敌，这心性让他去做事，而她和彼得则把时间浪费在争吵上。他已经走在去下议院的路上了，去找他的亚美尼亚人，他的阿尔巴尼亚人，他把她安置在沙发上，看着他的玫瑰。而人们会说“克拉丽莎·达洛维被宠坏了”。她更关心她的玫瑰，而不是亚美尼亚人。他们遭到追捕，近乎灭绝，身受重伤，浑身冻僵，是残酷与不公的受害者（*她已经听理查德如是说过一遍又一遍*）——不，她对什么阿尔巴尼亚人啦，或者亚美尼亚人啦，根本无动于衷。但她爱她的玫瑰（这难道对亚美尼亚人没有帮助吗？）——除了玫瑰外，她没办法眼睁睁看着任何一种花被剪下来。但理查德已经在下议院了，在他的委员会。他认为他已经解决了她所有的困难。但那不是真的。他还不知道不邀请艾莉·亨德森的理由。她当然会照他希望的去做。既然他都把枕头拿来了，她会躺下来……但是——但是——为什么她突然绝望地感到自己不开心，却找不到不开心的理由？就像一个人掉了一粒珍珠或钻石在草地上，于是会仔仔细细拨开高高的草叶，这边找找那边寻寻，最终在草根处发现了它，她就是这样经历了一件又一件事。不，不是因为萨莉·塞顿说理查德是二等脑子（她想起这件事），所以永远也进不了内阁。不，她根本不在乎。也不关伊丽莎白和多丽丝·基尔曼的事，那些都是事实。那是一种感觉，某种不愉快的感觉，可能今天一早就有了。彼得说的一些话，再加上她在卧室脱下帽子时的某种郁闷，而理查德所说的话又火上浇油，但他说了什么来着？那里有他的玫瑰。她的派对！就是这个！她的派对！他们两个都非常不公平地批判了她，非常不公正地嘲笑了她，因为她的派对。就是这个！就是这个！

那么，她要如何为自己辩护呢？既然她知道了不快从何而来，就又觉得神清气爽。他们认为，或者至少彼得认为，她热衷于将自己的意志强加于人，喜欢被名流簇拥，被那些伟大的名字环绕，简而言之，就是个势利小人。好吧，彼得或许会这么想。理查德只是认为，她明知兴奋对自己的心脏无益，却还是喜欢派对，这很愚蠢。这很幼稚，他觉得。两人都大错特错。她喜欢的只是生活。

“所以我才这样做。”她对着生活，放声说道。

她躺在沙发上，与世隔绝，无牵无挂，因而如此清楚无误地感觉到了生活愈发真实的存在。街上传来阵阵声浪，吹动窗帘，阳光明媚，空气里弥漫着灼热的呼吸、低语。但是，假设彼得对她说：“是的，是的，但你的派对——你的派对有什么意义？”她能说的只有（不指望任何人能够理解）：“它们是一种奉献。”这听起来相当含糊其词。但彼得是什么人，竟然能得出生活一帆风顺这种结论？——彼得总是恋爱，总是爱上错误的女人。你的爱是什么？她可能会这样问他。而她知道他的答案，他的爱是世界上最重要的事，没有女人能理解。很好。但有哪个男人能理解她的意思？关于生活。她无法想象彼得或理查德会无缘无故、大费周章地办一场派对。

但再往深里想想，此刻，在她自己心中，在人们说的那些话背后（这些评判，是多么肤浅，多么片面！），在她自己的心中，这个她称之为生活的东西，对她意味着什么呢？哦，真是太奇怪了。这位是南肯辛顿的某某，贝斯沃特的某某，还有其他人，比如，梅菲尔的某某。她不断感受到他们的存在，她深感这真是一种浪费，也感到这是一种遗憾。她感到，如果能把他们聚到一起就好了，所以她就聚了。这是一种奉献，一种联结，一种创造，但献给谁呢？

也许是为了奉献而奉献。不管怎样，这是她的天赋。除此之外，她没有一丝丝重要性可言，她无法思考，无法写作，甚至不能弹钢琴。她弄不清亚美尼亚人和土耳其人，她热衷成功，讨厌不适，必须被人喜欢，她说了海量废话，直到今天，问她赤道是什么，她都不知道。

那又如何呢，一天过完还有一天，星期三，星期四，星期五，星期六。人总要在早上醒来，看见天空，在公园里散步，遇见休·惠特布雷德，然后彼得突然闯进来，然后是这些玫瑰，足够了。在那之后，死亡是多么难以置信！——生活必须终结，而全世界没有一个人会知道她曾怎样热爱过这一切，爱过这每一个瞬间……

门开了。伊丽莎白知道母亲在休息。她轻手轻脚地走进来。她一动不动地站着。是不是有个蒙古人在诺福克海岸（正如希尔伯里太太所言）沉船，同达洛维家的女士们通了婚，搞不好是一百年前？因为达洛维家的人普遍金发碧眼，但伊丽莎白恰恰相反，她是黑发，苍白的脸上嵌着中国人的眼睛，有一种东方的神秘、温柔、体贴、沉静。小时候，她幽默感十足，但现在，十七岁，她为什么变得如此严肃，克拉丽莎完全搞不懂。她像包裹在闪着光泽的绿叶中的风信子，蓓蕾刚刚着了色，是一株尚未沐浴过阳光的风信子。

她悄无声息地站着，看着母亲，但门半开着，门外是基尔曼小姐，不出克拉丽莎所料，基尔曼小姐穿着雨衣，听着她们说的每一句话。

没错，基尔曼小姐站在楼梯平台上，穿了件雨衣，但自有她的理由。首先，雨衣便宜；其次，她已经四十多岁了。说到底，她不是为了取悦别人而穿衣。她没钱，甚至可以说一贫如洗。否则她就不会来达洛维这样的人家讨工作，在那些乐善好施的有钱人那里讨工作。公正地说，达洛维先生确实很善良，但达洛维夫人可不是，她只是居高临下。她来自所有阶层中最没有价值的阶层——富有，略有文化。他们家到处都是昂贵的物品、画作、地毯，仆人多如牛毛。她认定，达洛维一家为她做的任何事，她都受之无愧。

她被骗了。是的，这个词一点也不夸张，因为女孩肯定有权获得某种幸福吧？可她从未幸福过，因为她如此笨拙，如此贫穷。然后，就在她可能有机会去多尔比小姐的学校时，战争打响了。而且她向来说不了谎。多尔比小姐认为，有些人对德国人的看法与她相同，和那些人在一起，她会更快乐。她不得不离开。确实，她的家族有着德国血统，在十八世纪时，他们的姓氏拼写为 Kiehlman，但她的兄弟被杀了。他们把她赶了出去，因为她不愿承认所有德国人都是恶棍——毕竟她还有德国朋友，她人生中唯一的快乐日子是在德国度过的！好在她还能读历史。她不得不去工作，能做什么就做什么。她为友谊会工作时，达洛维先生遇到了她。他允许她（这真的很慷慨）教他的女儿学历史。她还去做了一次小规模的进修讲座，诸如此类。然后，我们的主来到她身边（想到此处，她总是低下头来）。两年零三个月前，她看到了光明。现在，她不再嫉妒克拉丽莎·达洛维那样的女人，她怜悯她们。

当她踩在柔软的地毯上，看着旧版画上小女孩套着暖手筒的画面时，她打心底怜悯并鄙视她们。所有的奢侈都在延续，哪有什么变好的希望呢？她应该在工厂里，在柜台后面，达洛维夫人和所有其他的贵妇人！而不是躺在沙发上——“我母亲在休息。”伊丽莎白说。

苦涩而灼痛，两年零三个月前，基尔曼小姐走进了一座教堂。她听了爱德华·惠特克牧师的布道，听了男孩们的歌唱，看到庄严的灯光笼罩下来，当她在那里落座时，无论是音乐，还是别的声响（夜晚独处时，她会自己拉小提琴寻找安慰，但那声音太折磨人了，她没有音乐天赋），都让她体内沸腾澎湃的炽热而汹涌的情绪得到了平息，她痛哭流涕，然后去了惠特克牧师在肯辛顿的私人住宅拜访。那是上帝的手，他说。主向她展示了道路。所以现在，每当灼热而痛苦的感情在她体内沸腾时——对达洛维夫人的仇恨，对世界的怨愤——她就想着上帝，想着惠特克牧师。愤怒被平静取代，一种甜美的滋味流遍静脉，她嘴唇微张，威严地站在楼梯平台上，身穿雨衣，她看着和女儿一起出来的达洛维夫人，目光里充斥着冷静而恶毒的安宁。

伊丽莎白说她忘了手套。这是因为基尔曼小姐和她的母亲彼此憎恨。她看不得她们在一处。她跑上楼去找手套。

但基尔曼小姐并不恨达洛维夫人。她将醋栗色的大眼睛转向克拉丽莎，观察她那小巧的粉色面庞，她那纤弱的身体，她那清新而时尚的气质。基尔曼小姐只是感觉：傻瓜！笨蛋！你这个既不懂悲伤也不懂快乐的人，你这个浪费生活的人！基尔曼小姐心中升起一股压倒一切的欲望，想要战胜她，揭穿她。如果能击败克拉丽莎，便能让她感到安慰。但不是击败克拉丽莎的身体，而是她的灵魂及她的伪装，让她感到自己掌控一切。如果能让她哭泣，能毁了她，羞辱她，让她跪地哭泣，你是对的！如果能这样就好了。但这是上帝的意愿，不是基尔曼小姐的。这将是一场宗教的胜利。所以她怒目圆睁，她虎视眈眈。

克拉丽莎是真的惊到了。这是一个基督徒——这个女人！这个女人把女儿从她身边抢走了！她与无形的存在有联系！她笨重、丑陋、平庸，没有善意或优雅，但她知晓生活的意义！

“你要带伊丽莎白去商店吗？”达洛维夫人问。

基尔曼小姐说是的。她们就杵在那儿。基尔曼小姐并不打算让自己讨人喜欢。她一直自食其力。她对现代历史的了解极为透彻。她从自己微薄的收入中拨出相当一部分用于她所信仰的事业。然而这个女人却什么也不做，什么也不信，她把女儿养大——这时，伊丽莎白这个漂亮姑娘来了，上气不接下气的。

她们要去商店了。奇怪的是，基尔曼小姐站在那儿时（她确实站在那里，拥有某种史前怪兽的力量与沉默，为了原始战争而身披铠甲），随着时间一分一秒地流逝，她的念头逐渐打消，仇恨（针对观念，而非针对人）瓦解，她失去了她的恶意。一分一秒，她的庞大身躯逐渐缩小成基尔曼小姐本人，身穿雨衣，天知道克拉丽莎本来是乐意帮助她的。

在这头怪兽逐渐缩小的过程中，克拉丽莎笑了。说再见时，她笑出了声。

她们一起走了，基尔曼小姐和伊丽莎白下楼了。

这个女人正把女儿从她身边带走，克拉丽莎怀着突如其来的冲动，怀着猛烈的痛苦，俯身在栏杆上喊道："记得派对！记得我们今晚的派对！"

但伊丽莎白已经打开了前门，有一辆货车经过，她没有回答。

爱与宗教！克拉丽莎想着，回到起居室，全身发麻。多么可憎，这两者多么可憎啊！因为现在，基尔曼小姐的身体不在她眼前，因此这个想法淹没了她。世界上最残酷的东西，她想着，笨拙、过激、专横、虚伪、窃听、嫉妒、无限残忍并毫无底线，亲见凡此种种裹在雨衣之中，基尔曼站在楼梯平台上，竟然说什么爱与宗教。她试图改变过任何人吗？她不是希望人人都只做自己就好吗？她望向窗外，对面那位老太太正在爬楼梯。如果她想爬楼梯，那就让她爬，让她停下来，然后让她如克拉丽莎经常看到的那样，她努力抵达卧室，分开窗帘，再次消失于背景之中。不知为何，人们对此报以尊重——那位老太太望着窗外，完全没有意识到她正在被人注视。其中有某种庄严——但爱与宗教会摧毁它，无论那是什么，都是灵魂的隐私。讨人厌的基尔曼会摧毁它。然而，那是让她想哭的景象。

爱也会摧毁一切。一切美好的事物，一切真实的事物，都会消失殆尽。看看现在的彼得·沃尔什。曾有那么一个男子，迷人，聪慧，对一切见解独到。比如说，如果你想了解蒲柏或艾迪生[1]，或者只是想随便聊聊，人们是什么样的，事情意味着什么，彼得比任何人都更精于此道。是彼得帮助了她，是彼得借书给她。但是看看他爱过的女人——粗俗、浅薄、平凡。想想恋爱中的彼得——多年以后他来看她，他谈了些什么？都是关于他自己的。可怕的激情！她思索着。丢人的激情！她想着，又想到基尔曼和她的伊丽莎白正走向陆军和海军用品商店。

大本钟敲响了半点。

多么惊人啊，多么奇怪啊，没错，是触动，看到那位老太太（他们已经做了很多年邻居）从窗前走开，仿佛她被那声音，被那根弦牵引着。尽管钟声如此磅礴，却与她

1　艾迪生（1672—1719）：英国散文家，同挚友斯蒂尔首创期刊《闲谈者》与《旁观者》。

有所联结。手指下落，下落，深入到寻常事物之中，使这一刻变得庄严。克拉丽莎想象着，那声音迫使那个老太太移动，去——但是去哪儿呢？当她转过身消失时，克拉丽莎试图跟上她，仍旧能看到她白色的帽子在卧室里移动。老太太还在那里，在房间的另一头走来走去。为什么要有信仰、祈祷和雨衣？克拉丽莎思索道，这就是奇迹，这就是神秘，她指的是那位老太太，她能看到老太太从五斗橱走到梳妆台。她还能看到她。而基尔曼可能会说她已经解开了这个终极奥秘，或者彼得可能会说他解开了，但克拉丽莎才不相信呢，他们俩无论是谁，连解决之道的鬼影都没摸到，这终极奥秘不过是：这里有一个房间，那里有另一个。究竟是宗教解决了这个问题，还是爱？

爱——但此刻，另一座钟敲响，这钟总是在大本钟敲响两分钟后响起，好像某人拖拖拉拉地进屋来，大腿上堆满了零七八碎的物件，一股脑儿地都倒下来。大本钟固然很好，拥有权威，发号施令，如此威严，如此公正，但她必须铭记其他所有的琐事——马舍姆夫人、艾莉·亨德森、盛冰淇淋的杯子——所有这些琐事都紧跟着那庄严肃穆的钟声涌了进来，轻轻拍打，手舞足蹈，那钟声平缓下来，如海面上浮动的金色光线。马舍姆夫人、艾莉·亨德森、盛冰淇淋的杯子。她现在必须马上打电话。

喋喋不休，纷纷扰扰，紧随大本钟而来的迟到的钟声，满载琐碎而来。马车的冲击，货车的野蛮，无数枯瘦如柴的男人和招摇过市的女人一股脑儿地往前冲，办公室和医院的穹顶与尖顶，那钟声被这一切打破、驱散，那最后的余音，如筋疲力尽的海浪飞溅起浪花，似乎溅到了基尔曼小姐身上，使得她在街上站定片刻，喃喃自语“是肉身”。

她必须控制的正是她的肉身。克拉丽莎·达洛维侮辱了她。在她预料之内。但她没有成功，她没有掌控肉身。她丑陋笨拙，克拉丽莎·达洛维为此而嘲笑她，并且复活了肉身的欲望，因为她在意自己在克拉丽莎旁边时的模样。她也不能像她那样说话。但为什么想要像她呢？为什么？她打心底里鄙视达洛维夫人。她不严肃。她不好。她的生活是一面由虚荣与欺诈织就的薄纱。可多丽丝·基尔曼还是被击败了。事实上，当克拉丽莎·达洛维嘲笑她时，她差一点就哭了出来。“是肉身，是肉身。”她嘟哝着（她习惯大声说话），试图在走过维多利亚大街时压抑住这汹涌痛苦的感受。她向上帝祈祷。她生而丑陋，她买不起漂亮衣裳。克拉丽莎·达洛维曾经嘲笑她——但她会集中精力在别的事情上，直到她走到邮筒跟前。至少她得到了伊丽莎白。但她会想想别的事，她会想想俄罗斯，直到她走到邮筒跟前。

在乡下该有多好啊，她挣扎着说，正如惠特克先生告诉她的那样，她对这个世界怀有强烈的怨恨，这个世界蔑视她，嘲笑她，抛弃她，从这种侮辱出发——讥讽她不可爱的身体，这具肉身人们简直不忍一见。无论她怎么梳头，前额还是像颗鸡蛋，光秃秃，白惨惨。没有衣服适合她。买任何东西都无济于事。对于一个女人而言，这当然意味着永远也遇不到异性。她永远不会成为任何人的首选。近来，她有时会觉得，除了伊丽莎白，食物就是她活着的目的，她的舒适，她的晚餐，她的茶，她晚上的热水瓶。但人必须战斗，征服，相信上帝。惠特克先生说过，她来到世上是有用处的。但没有人了解这种痛楚！他指向十字架，说上帝了解。但为什么是她必须受苦，而其他女人，比如克拉丽莎·达洛维却逃脱了？知识源自痛苦，惠特克先生说。

她已经走过了邮筒，伊丽莎白已经转进了陆军和海军商店，棕色烟草区域分外凉爽，而她还在喃喃自语惠特克先生说的“知识源自痛苦”，以及关于肉身的问题。“肉身。”她念念有词。

你要去哪个区域？伊丽莎白打断了她。

“衬裙。”她生硬地说，然后径直走上了电梯。

她们上去了。伊丽莎白领着她去这边，去那边。她恍恍惚惚的，仿佛巨大的孩童，宛如一艘笨重的战舰。那里有衬裙，棕色的、端庄的、条纹的、轻浮的、结实的、脆弱的，她在恍惚中做了选择，盛气凌人，服务的女孩以为她疯了。

她们打包时，伊丽莎白很好奇基尔曼小姐在想什么。必须喝茶，基尔曼小姐说。她回过神来，收拾好心情。她们喝了茶。

伊丽莎白特别好奇，基尔曼小姐有没有可能是饿了。因为她吃东西时风卷残云，然后一次又一次盯着旁边桌上的那一盘糖霜蛋糕。而后，一位女士和一个孩子坐了下来，孩子吃掉了蛋糕，基尔曼小姐真的会在意吗？是的，基尔曼小姐确实在意。她想要那个蛋糕——粉红色的那个。吃东西的乐趣几乎是她唯一剩下的纯粹乐趣，可就连这也受挫了！

她告诉过伊丽莎白，当人们感到快乐时，他们有一种储备，可以取之不竭，而她呢，就像一只没有轮胎的车轮（她喜欢这种隐喻），每一块碎石都能让她剧烈颠簸。所以她在星期二上午，下课以后，带着装满书的口袋站在壁炉旁，那是她的“书包”，她是这样叫的。她也谈论战争。毕竟，也有人认为英国人并非从始至终都是正确的。

有一些书，还有一些会谈，也有不同的声音。伊丽莎白愿意和她一起去听某某的讲座吗（一个看上去相当不一般的老人）？然后基尔曼小姐带她去了肯辛顿的某座教堂，她们和一个牧师一起喝了下午茶。她借书给伊丽莎白。法律、医学、政治，所有职业都对你这一代女性开放，基尔曼小姐说。但她自己呢，她的事业毁于一旦，难道是她的错吗？天哪，伊丽莎白说，不是的。

有时伊丽莎白的母亲会来打招呼，说从鲍尔顿送来一个礼品篮，基尔曼小姐要不要拿一些花？她对基尔曼小姐总是非常非常友善，但基尔曼小姐让花全都挤在一起，没作任何寒暄。而且基尔曼小姐感兴趣的东西都让伊丽莎白的母亲觉得无聊，基尔曼小姐和她在一起是可怕的。基尔曼小姐趾高气扬，相貌平平，但基尔曼小姐特别聪明。伊丽莎白从未想起过穷人。她们的生活什么都不缺，母亲每天在床上吃早餐，露西把早餐送上去。母亲喜欢老妇人，因为她们是公爵夫人，都是贵族后裔。但基尔曼小姐说（一个星期二的早上，下课后）：“我的祖父在肯辛顿开过一家油彩店。”基尔曼小姐不同于她认识的任何一个人，她让人感到自己很渺小。

基尔曼小姐又喝了一杯茶。伊丽莎白带着她的东方风采，她那不可捉摸的神秘，坐得笔直。不，她不想再要什么了。她寻觅她的手套——她的白手套。它们在桌子底下。啊，但她不能走！基尔曼小姐不可能让她走！这个年轻人，如此美丽。这女孩，她真心诚意地爱着！她那只大手在桌子上一开一合。

但或许有些无趣，伊丽莎白觉得，她真的想走了。

可基尔曼小姐说：“我还没吃完。”

当然，伊丽莎白会等，但这里真的很闷。

“你今晚要参加派对吗？”基尔曼小姐问。伊丽莎白思忖，估计自己会去，母亲希望她去。“你不该让派对消耗你。”基尔曼小姐一边说，一边拨弄着最后两英寸的巧克力闪电泡芙。

“我没那么喜欢派对。”伊丽莎白说。基尔曼小姐张开嘴，下巴微抻，吞下了最后几英寸的巧克力闪电泡芙，然后擦了擦手指，用茶水涮了涮杯子。

她觉得自己快要碎裂了。痛苦是如此可怕。如果她能抓住她，如果她能紧紧抱住她，如果她能让她完全属于自己，永远属于自己，直到死去，那就是她想要的一切。但坐在这里，她想不到任何要说的话，眼睁睁看着伊丽莎白渐渐反感她，甚至连她都觉得自己令人厌恶——这超出了她的承受能力。她难以忍受，粗粗的手指向内蜷曲。

“我从不参加派对，”基尔曼小姐说，只是为了阻止伊丽莎白去，“人们不请我参加派对。”她说这话的时候就知道，这种自我中心是她失败的原因。惠特克先生提醒过她，但她控制不住。她遭受过如此可怕的痛苦。“为什么他们要邀请我呢？”她说，“我很平凡，我不快乐。”她知道这很蠢。但正是所有那些从旁边经过的人让她说了这些话，那些人带着包裹，瞧不起她。然而，她是多丽丝·基尔曼。她有学位，她是在这世上闯出了自己人生道路的女性，她的现代史知识可谓学富五车。

“我不怜悯自己，”她说，“我怜悯——”她本来想说“你母亲”，但不，她不能，她对伊丽莎白说不出口，“我更怜悯其他人。”

像某个哑巴生物被带到了一扇目的地未知的门前，站在那里，渴望逃离，伊丽莎白·达洛维默默坐着。基尔曼小姐还要说些什么吗？

“不要把我抛到九霄云外啊。”多丽丝·基尔曼说道，声音颤抖。那哑巴生物仓皇飞奔向田野的尽头。

那只大手张开又合上。

伊丽莎白转过头。女服务员来了。要到柜台付款，伊丽莎白说道，随即离开了。基尔曼小姐感觉到，伊丽莎白的所有内脏都被掏了出来，随着她穿过房间拉扯得满地都是，最后伊丽莎白转过身，礼貌地点点头，她走了。

她走了。基尔曼小姐坐在大理石桌旁，周围是闪电泡芙，一次、两次、三次，痛苦袭向了她。她走了。达洛维夫人大获全胜。伊丽莎白走了。美丽消逝了，青春也消逝了。

她就那么坐着。而后她站起来，在小巧的桌子间跌跌撞撞，稍稍有点左右摇晃。有人拿着她的衬裙追上来，她迷路了，被要带去印度的那些男士短裤包围，接着又步入了分娩用品和婴儿衣物中间，穿过世界上所有的商品，转瞬即逝的与永恒持久的，火腿、药品、鲜花、信笺，气味各异，一会儿甜，一会儿酸，她踉跄前行。在一处穿衣镜前，她看到自己帽子歪斜、满脸通红、东倒西歪的身影，最终，她来到了街上。

威斯敏斯特大教堂的塔楼高耸在她面前，那是上帝的居所。车流中央，那是上帝的居所。她顽强地带着包裹前往另一处圣殿——大修道院。在那里，她将双手举到脸前，宛如支起帐篷，坐在同样被驱赶到避难所的人们身边。周遭是形形色色的信徒，此刻，当他们把双手举到脸前，便剥离了社会等级，几乎也剥离了性别。可一旦移开手，他们就立即变成了虔诚的中产阶级英国男女。有些人渴望看到蜡像。

但基尔曼小姐始终举手遮面。她被遗弃了，又重新加入其中。新的信徒自街上而来，取代了那些漫步者，可是，当人们环顾四周，蹒跚走过无名战士的坟墓时，她依然用手指挡住眼睛，在这双重黑暗之中（因为修道院里的光似有若无），她试图追求超越虚荣、欲望、商品的东西，摆脱恨与爱。她的手抖个不停。她似乎在挣扎。然而对其他人来说，上帝是可以接近的，通往他的是一片坦途。从财政部退休的弗莱彻先生，著名的王室法律顾问遗孀戈勒姆夫人，他们就那么靠近了他，做完祈祷后，他们靠在椅背上，享受音乐（管风琴甜美地奏响）。他们看到基尔曼小姐排在队尾，队伍祈祷，祈祷，仍旧处在尘世的门槛上，于是他们悲悯地将她看成徘徊在同样领域的灵魂，看成一个由无形物质构成的灵魂，不是一个女人，而是一个灵魂。

但弗莱彻先生必须走了。他必须从她身边走过。他整洁得像一枚崭新的徽章，这位可怜女士的凌乱难免让他苦恼。她披头散发，她的包裹在地板上。她没有立刻让他过去。然而，他站在那里环顾四周，看着白色的大理石，灰色的窗户玻璃，以及堆积如山的宝贝（因为他对修道院相当自豪），而她坐在那里，一次次挪动膝盖。此刻她的庞大、健壮，还有她的力量（她通向上帝的道路是如此崎岖——她的欲望是如此难以满足），给他留下了深刻印象，正如她给达洛维夫人留下的印象（那天下午，她没办法不去想她），爱德华·惠特克牧师和伊丽莎白也有同样的印象。

伊丽莎白在维多利亚大街等公共汽车。能出门可真好。她想着或许不必马上回家，能置身户外可真好，所以她会上一辆公交车。这就开始了，哪怕她站在那里，穿着剪裁得体的衣服……人们开始将她比作白杨、黎明、风信子、小鹿、流水和百合。这让她的人生变成负担，因为她更喜欢独自一人，在乡间做自己喜欢的事，但他们会把她比作百合，她不得不去参加派对。可是，比起独自在乡下，与父亲还有狗狗们在一起，伦敦是如此沉闷无聊。

公交车猛冲，停车，又出发——花里胡哨的大篷车，红色和黄色的光面漆光彩夺目。但她该上哪辆车呢？她没有偏好。当然，她不会硬挤上去。她倾向于被动。她需要的是表达。她的眼睛很美，是中国式的，具有东方特征，正如她母亲所说，生就如此漂亮的肩膀，姿态如此挺拔，她总是那么赏心悦目。最近，尤其是在晚上，每当有人对她感兴趣，她都无动于衷，她看上去几近于完美了，非常庄重，非常平静。她在想什么呢？每个男人都爱上了她，而她真的感觉非常无聊。因为这一切开始了。她的母亲看得到——恭维开始了。但她对此却不怎么在意，比如对衣着——有时这会让克拉丽莎担心，但或许这样也好，毕竟有那么多头脑发热的阿猫阿狗，这反而赋予了她一种魅力。而现在，又出现了与基尔曼小姐之间诡异的友谊。好吧，这证明她还有心，克拉丽莎想。凌晨三点，她因为睡不着，在读马尔博男爵的书。

突然间，伊丽莎白向前迈步，熟练地上了公交车，走在所有人前面。她在顶层找了个座位。这个鲁莽的生物——像一个海盗——向前冲去，一溜烟开走了，她不得不抓住栏杆保持平衡，因为它确实像个海盗，鲁莽，肆无忌惮，无情冲刺，危险绕行，大胆抢夺乘客，或忽略乘客，如鳗鱼般傲慢地挤在车流中，随后粗鲁无礼地扬帆驶向怀特霍尔。伊丽莎白有没有稍微想到可怜的基尔曼小姐呢，后者毫无妒意地爱着她，在基尔曼小姐面前，伊丽莎白是野外的小鹿，林间空地的明月。她很高兴能自由行动。新鲜的空气是如此美味。陆军和海军商店里太闷了。而现在，她像骑马一样，冲向怀特霍尔街，穿着浅褐色外套的美丽身体自由回应公交车的每一个动作，如骑手，如船头雕像。微风轻轻拂乱了她的头发，炎热让她脸颊苍白，宛如刷了白漆的木头。她那美丽的眼睛，没有另一双眼睛可以对视，因此就直视前方，她的目光空白明亮，一动不动的眼眸如雕塑般纯真得难以置信。

总是谈论自己的痛苦，让基尔曼小姐变得如此难以相处。她是对的吗？如果是参加委员会，每天投入数小时来帮助穷人，天知道，她的父亲也做这些（她几乎从没在伦敦见过他）——如果这就是基尔曼小姐所谓的做一个基督徒，这就是对的吗？但这很难说。哦，她想再走远一点。再花一便士到斯特兰德大街？还有一个便士。她要去斯特兰德。

她喜欢生病的人。“所有职业都对你们这一代女性开放。”基尔曼小姐说。所以她可以成为医生，她可以成为农民。动物也常生病。她可以拥有一千英亩的土地，并雇人工作。她会去他们的小屋探望。这是萨默塞特大厦。一个人可能会成为一个非常好的农民——真是奇怪，尽管有基尔曼小姐的一份功劳，但这几乎完全归功于萨默塞特大厦。那座巨大的灰色建筑看上去如此壮丽，如此威严。她喜欢人们工作的感觉。她喜欢那些教堂，如同灰色纸张做成的模型，冲破斯特兰德大街的洪流。这里与威斯敏斯特完全不同，她一边想，一边在法院街下了车。这里如此严肃，如此繁忙。简而言之，她想拥有一份职业。她会成为医生，成为农民，如果必要的话，她可能会进入议会，全都是因为斯特兰德。

那些脚步，属于忙碌之人；那些手，将石块垒上石块；那些头脑，永远不被琐碎的闲聊（把女人比作白杨树——

确实让人激动，但也非常愚蠢）所占据，而是想着船只、商业、法律、政务，身处如此庄严（她在神庙之中）、欢乐（那里有河流）、虔诚（那里有教堂）的事物之中，使她下定了决心，无论母亲怎么说，她要么当农民，要么当医生。但是，当然了，她有点懒。

最好什么也不说。那样太傻了。当一个人独处时，这类事情的确时有发生——没有建筑师署名的建筑物，从城市回来的人群比肯辛顿单打独斗的牧师更有力量，比基尔曼小姐借给她的任何书籍都更有力量，这种力量能唤醒那些心灵沙地上昏昏欲睡、笨手笨脚、羞于见人的事物，它们破土而出，如孩童忽然伸展双臂。或许就是那样，一声叹息，一次伸展双臂，一个冲动，一次神示，便有着永恒的影响力，随后它们又落回到沙地上。她必须得回家了。她必须为晚宴穿衣打扮。但现在几点了？——哪里有钟？

她抬头望向舰队街。她朝圣保罗大教堂走了一小段路，羞羞怯怯的，像一个人在夜里拿着蜡烛，踮着脚尖，钻进一个陌生的房子进行探索，生怕房主突然打开卧室的门，问她的来意。她也不敢步入那些古怪的小巷，诱人的小街，就像在陌生的房子里不敢随便开门，那可能是卧室的门，是客厅的门，或直接通向食品储藏室。达洛维家没有人走过斯特兰德大街，所以她是一个先锋，一个流浪者，敢于冒险，轻信他人。

母亲觉得她在很多方面都极不成熟，仍旧像个孩子，依恋玩偶与旧拖鞋，是个完美宝宝，格外迷人。但是，当然了，达洛维家有着提供公益服务的传统。在家族的女性中，有女修道院院长、大学校长、私校校长、达官显贵——任何一个都不算成就斐然，但她们都遵循那个传统。她又朝圣保罗大教堂的方向走了走。她喜欢这种喧嚣之中的温暖，姐妹情，母爱，兄弟情，在她眼中都很好。噪声巨大，喧嚣之中突然有号角（失业者）嘀嘀嗒嗒地急切吹响，是军事音乐，仿佛人们在行军。然而，若是他们正在死去呢——若是某个女人仅存一息呢。任何一个旁观者，打开她那个房间的窗户（就是她刚刚完成了至高无上的庄严行为的房间），俯瞰舰队街，那喧嚣，那军事音乐会成功传到他耳中，他会表面上感到慰藉，实际上无动于衷。

这不是有意识的。这当中没有对一个人的未来或命运的认可，正因如此，即便有人目睹了垂死之人脸上的最后一丝意识震颤，对他们而言也充满了安慰。

人们的遗忘可能会造成伤害，他们的忘恩负义会腐蚀他人，但这个声音，无尽地倾泻，年复一年，什么都能够接纳。这番誓言，这辆货车，这条生命，这排队列，会把它们包裹得严严实实，裹挟它们前行，就像在冰川粗暴的水流中，冰块裹着一块碎骨，一片蓝色花瓣，一些橡树，滚滚而逝。

但时间比她以为的要晚。母亲不会喜欢她这样独自在外流连。她转身沿着斯特兰德街回去了。

一阵风（尽管天气炎热，风还是很大）吹起一层薄薄的黑纱，遮住太阳，也蒙住斯特兰德街。一张张面孔黯然失色，公交车霎时失去了光彩。云朵是波澜万丈的纯白，以至于人们想用短柄小斧从上面砍下坚硬的切片。那是为了超脱凡尘的神明集会而搭建起的落脚点，一切落脚点的模样都在云朵的侧面呈现——宽阔的金色斜坡，天国极乐花园的草坪，有一种永恒不变的变化万千。此一时，峰峦缩小，彼一时，一整块金字塔大小的云朵坚定不移地行至中天，或庄严地将队伍引向新的停泊之处，信号相互交换，仿佛某个计划早已安排妥当。尽管它们看似固定在各自的岗位上，整齐划一地休息着，但没有什么能比雪白或金色的外表更新鲜，更自由，更敏感。改变，离开，随时可以驱散那庄严的集会。尽管云朵有着庄重迟缓的固定性，却时而让光打亮大地，时而投下黑暗。

伊丽莎白·达洛维冷静而熟练地登上了返回威斯敏斯特的公交车。

塞普蒂默斯·沃伦·史密斯躺在客厅的沙发上，在他眼中，那光与影时而让墙壁变成灰色，时而使香蕉变成亮黄色，时而让斯特兰德街变成灰色，时而又让公交车变成亮黄色，如此来来回回，招手示意，释放信号。他注视着墙纸之上淡淡的金色忽明忽灭，那金色惊人敏感，好似玫瑰花上的某种活物。窗外，树木如牵引一张网般拖着叶片穿过天空深处，房间里有流水的声音，鸟儿的吟唱穿透波浪而来。每一种力量都将宝藏倾泻在他头顶，他的手搭在沙发背上，一如他在洗澡时，看到自己的手躺在浪巅，漂浮着，与此同时，他听到遥远的岸上有狗在远处叫个不停。不再害怕，身体里那颗心说，不再害怕。

他不害怕。每一刻，自然都通过某种笑声进行暗示，比如那个在墙上绕着圈的金色斑点——那里，那里，那里——通过优美地挥舞羽毛，摇晃长辫，来来回回地甩披风来表明它的决心。她总是无比优雅，并且近在咫尺，轻轻握着手，吐出莎士比亚的话语，由此表达她的意图。

雷齐娅坐在桌旁，手里摆弄着一顶帽子，她观察着他，看到他在微笑。看来他很开心。但她见不得他微笑。婚姻不该是这样的，完全不对劲，那不该是为人丈夫该有的模样，他总是惊坐而起，哈哈大笑，一小时又一小时地静坐，或是抓着她不放，让她写东西。桌子抽屉里装满了那些写下的东西：关于战争，关于莎士比亚，关于伟大的发现，关于死亡的不存在。最近，他无缘无故突然变得兴奋起来（霍姆斯医生和布拉德肖爵士都说兴奋对他而言是最糟糕的），他挥舞着双手，高喊他知道真相！他知道一切！那个男人来了，他那被杀害的朋友，埃文斯，他说。他正在屏风后面唱歌。他一边说，她一边写下来。有些内容非常美妙，有些则纯粹是胡言乱语。而且他总是说到一半就停下来，改变主意，想要加点东西。他听到了一些新东西，于是举起手来倾听。但她什么也没听到。

有一次，他们发现那个打扫房间的女孩在读其中一张纸，笑个不停。真是太可悲了。这让塞普蒂默斯大呼人类的残忍——他们是如何将彼此撕成碎片。倒下的人，他说，他们被撕成碎片。“霍姆斯摄住了我们。”他会说。而且他还会编造关于霍姆斯的故事。霍姆斯吃粥，霍姆斯读莎士比亚——他让自己仰天大笑或愤怒咆哮，因为霍姆斯医生对他来说似乎代表着某种可怕的东西。“人类本性”，他如此称呼他。然后还有幻觉，他溺水了，他之前总说自己躺在悬崖上，海鸥在头顶尖叫。他会从沙发边缘往下看，看到大海。他还能听到音乐，实际上只是手摇风琴或街上有人叫喊。“美妙！”他常常这样高喊，然后眼泪顺着脸颊流下来。这对她而言是最最可怕的事，眼看一个像塞普蒂默斯这样曾经战斗过的人，曾经那么勇敢的人，竟然流下了眼泪。而且他会躺在那里一直谛听，直到突然大喊一声说他在坠落，坠落到火焰之中！而她真的会去寻找火焰，因为太真实了，但一无所获，房间里只有他们俩。这是一个梦，她会告诉他，最后安抚他。但有时她也会害怕，做针线活的时候她叹了口气。

她的叹息温柔而迷人，像傍晚树林边缘的风。她放下了剪刀，转身从桌上拿起东西。她在桌边做针线，打个旋儿，捏个褶儿，轻轻一拍，便塑造出某样东西来。当她拿起线轴，或是寻找（她很容易丢东西）丝线时，他能透过睫毛看到她模糊的轮廓，她黑漆漆的小身板，她的脸和手，她在桌上颠来倒去的动作。她正在为菲尔默太太已婚的女儿做一顶帽子，她的名字是——他忘了她的名字。

“菲尔默太太已经结了婚的女儿叫什么名字？”他问。

“彼得斯太太。”雷齐娅说。“我担心帽子太小了。”她将帽子举到眼前说。彼得斯太太是个大块头的女人，但雷齐娅不喜欢她。纯粹因为菲尔默太太一直对他们很好——“今天早上她给了我葡萄。”她说。雷齐娅想做点什么来表达他们的感激。前几天的一个晚上，她走进房间，发现彼得斯太太以为他们不在，正在播放留声机。

“真的吗？”他问。她在播放留声机？是的，她当时就告诉过他，她发现彼得斯太太在放留声机。

他开始谨慎地睁开眼，看看留声机是不是真的在那儿。但真实的东西——真实的东西太令人兴奋。他必须小心，他不能发疯。他首先看了看下层架子上的时尚杂志，然后逐渐看向有着绿色喇叭的留声机。没有什么能更精确了。于是，他鼓起勇气，看向餐边柜，看向那盘香蕉，看向维多利亚女王和亲王的版画，看向摆着一瓶玫瑰花的壁炉架。这些东西都没动过。全都静止不动，全都如假包换。

“她是个尖刻的女人。”雷齐娅说。

“彼得斯先生做什么工作？”塞普蒂默斯问。

“啊。”雷齐娅努力回想。她觉得菲尔默太太说过他为某个公司出差。“现在他在赫尔。”她说。

“现在！”她说这话时带着意大利口音。她自己说的。他遮住眼睛，这样就可以一次只看到她脸上的一小部分，先是下巴，然后是鼻子，然后是前额，以防那张脸有什么畸形之处，或有什么可怕的印迹。但没有，她就在那儿，浑然天成，在缝缝补补，嘴巴就像女人们在缝纫时那样噘起来，就是那种神情，一脸忧郁。但没什么骇人之处，他向自己保证。他又看了她的脸和她的手第二次、第三次，毕竟，她只是大白天坐在那里缝缝补补，有什么让人害怕或恶心的呢？彼得斯太太言语恶毒。彼得斯先生在赫尔。那么，他为什么要狂怒或预言呢？为什么受尽鞭笞，无家可归，远走高飞呢？为什么被云朵弄得颤抖、呜咽呢？雷齐娅坐在那里，把针插进前襟，彼得斯先生人在赫尔，为何他要在这种时刻去寻找真理并传递信息呢？奇迹、启示、煎熬、孤独、坠入大海，下坠，坠入火焰之中，一切燃烧殆尽。看着雷齐娅为彼得斯太太装饰草帽时，他觉得那是布满鲜花的床罩。

“这帽子对彼得斯太太来说太小了。”塞普蒂默斯说。

数日以来，这是他第一次像以前那样讲话！那是当然——小得出奇，她说，但彼得斯太太选了它。

他从她手里拿过帽子。他说街头风琴手的猴子才戴这种帽子。

她多开心啊！他们已经有好几个星期没有像这样一起笑过了，像正常夫妻那样私下玩笑打趣。她的意思是，如果菲尔默太太进来，抑或彼得斯太太或任何人进来，都不可能明白她和塞普蒂默斯在笑什么。

“看！”她说着把一朵玫瑰别在了帽子一侧。她从未感到如此幸福！此生都没有过！

但这样更好笑了，塞普蒂默斯说。如果那个可怜的女人戴了这顶帽子，看起来就像集市上的一头猪。（没人能像塞普蒂默斯那样令她捧腹。）

她的针线盒里都有什么？她有丝带、珠子、流苏、假花。她一股脑儿地都倒在了桌子上。他开始把奇怪的颜色搭配在一起——虽然他的手指不灵活，连包裹都包不好，但他有一双奇妙的眼睛，而且往往看得很准，当然也有荒谬的时候，但有时又异乎寻常地正确。

“她将拥有一顶漂亮的帽子！”他嘟哝着，拿起这个，拿起那个，雷齐娅跪在他旁边，越过他的肩膀去看。现在完成了——毋宁说是设计好了，她必须缝合起来。但得非常非常小心，他说，要保持他做出来的样子。

于是她缝了起来。在她做针线活时，他暗忖，她制造出的声音好像架在炉子上的水壶：咕嘟冒泡，喁喁私语。她总是忙忙碌碌，强壮小巧的手指捏捏戳戳，手中的针频频闪烁。阳光时隐时现，照在流苏上，照在墙纸上，但他会等，他边想边舒展双脚，看着沙发尽头那双有环形纹路的短袜。他会在这个温暖的地方等待，这是充斥静止空气的口袋，人们有时会在傍晚的树林边缘遇见这样一个地方，因为地势沉降，或由于树木的排列组合（生而为人必须科学至上，科学），温暖延宕不去，空气如鸟儿的羽翼般拍打脸颊。

“好了。”雷齐娅说道，指尖顶着彼得斯太太的帽子打转：“暂时可以了。之后……”她的言语一滴、一滴、一滴冒着泡消失，宛如心满意足的水龙头没有关好。

真是太美妙了。他从来没有做过如此令自己自豪之事。彼得斯太太的帽子是那么真实，那么结实牢固。

“看看它。”他说。

是的，看到那顶帽子总能让她开心。他在那一刻变回了自己，他在那一刻笑了。他们单独相处。她会一直喜欢那顶帽子。

他让她试戴一下。

“但我看起来肯定特别奇怪！”她喊着跑到镜子跟前，先看这边，再看那边。然后她又一把将帽子抓下来，因为有人敲门。会是威廉姆·布拉德肖爵士吗？他已经派人来了？

不！只是那个送晚报的小女孩。

然后，一再发生的事情发生了——是每一晚都会发生在他们生活中的事。小女孩在门口吮着拇指，雷齐娅蹲下来，亲昵低语并亲吻她，随后从桌子抽屉里拿出一袋糖果。因为事情总是这样发生的。先是一件事，然后是另一件事。她就这样一步步来，先是一件事，然后是另一件。

跳舞，跳跃，他们绕着房间一圈圈地走。他拿起报纸。萨里队全军覆没，他读道。热浪来袭。雷齐娅重复道：萨里队全军覆没，热浪来袭。她将之变成了游戏，像是她和菲尔默太太的孙女玩的游戏。俩人因为这个游戏双双大笑，同时喋喋不休。他很累。他很开心。他要睡觉。他闭上眼睛。可一旦他什么也看不见，游戏的动静就变得越来越微弱且怪异，听起来就像是人们在寻找什么却不得，他们大声呼喊，并且越走越远。他们失去了他！

他惊恐地一跃而起。他看到了什么？餐边柜上的那盘香蕉。没有人在（雷齐娅已经带小女孩去找妈妈了，到睡觉时间了）。就是这样：永远孤单。这是在米兰就已宣判的厄运，当时他走进房间，看到她们用剪刀裁剪粗棉布模具，永远孤单。

他单独同餐边柜和香蕉在一起。他孤身一人，暴露在这荒凉的高地上，伸展四肢——但不是在山顶，不是在悬崖峭壁，而是在菲尔默太太的客厅沙发上。至于幻觉、面孔、死者的声音，它们在哪里？他面前有个屏风，上面有黑色的宽叶香蒲与蓝色的燕子。他曾在那里看见山脉，他曾在那里看见脸孔，他曾在那里看见美，现在那里有一道屏风。

“埃文斯！”他喊道。没有回答。老鼠吱吱叫着，或是窗帘沙沙作响。那些是死者的声音。屏风、煤斗、餐边柜还在他眼前。就让他面对屏风、煤斗和餐边柜吧……但雷齐娅突然喋喋不休地冲进房间。

来了一封信。每个人的计划都变了。总之菲尔默太太去不了布莱顿了。没有时间通知威廉姆斯太太，雷齐娅真心觉得这样非常恼人。她瞥见那顶帽子，并思忖……也许……她……可以稍稍做一点……她的声音在满足的旋律里消失。

“啊，见鬼！”她喊道（她的咒骂是他们的玩笑之一），针断了。帽子、孩子、布莱顿、针。她有条不紊，先是一件事，然后是另一件事，她有条不紊地处理，针线不停。

她想让他说说看，把玫瑰挪开后，她是不是让帽子变得更好看了。她坐在沙发一头。

她突然放下帽子说，他们现在非常幸福。因为她现在什么都可以对他讲。脑袋里想到什么，她就可以说什么。那几乎是她对他最初的感觉。那天晚上在咖啡馆，他和他的英国朋友们一起进来。他进门来，特别害羞，环顾四周，当他挂帽子时，帽子掉了下来。她记得那一幕。她知道他是英国人，尽管不是她姐姐喜欢的那种人高马大的英国人。他一直都很瘦，但有着美丽的红润脸色，还有他的大鼻子，他明亮的眼睛，他略微驼背的坐姿，她经常告诉他，这些都让她想到一只年轻的鹰。就在她见到他的第一个晚上，那时他们在玩多米诺骨牌，他进来了——一只年轻的鹰，但和她在一起时他总是温柔有加。她从未见过他撒野或喝醉，只是偶尔会因那场可怕的战争而受苦，但即便如此，只要她进来，他就将那一切抛开。这世界上的任何事，任何与她工作有关的小麻烦，任何让她不吐不快的事，她都会告诉他，而他马上就能明白。就连她自己的家人都无法同他相提并论。他年纪比她大，又那么聪明——他是多么认真啊，在她连英文儿童故事还读不懂时，他就想让她先读莎士比亚！——他的经验那么丰富，他能帮到她。而她，也可以帮助他。

但现在先说这顶帽子，接下来是（时间已经晚了）威廉姆·布拉德肖爵士。

她双手撑着脑袋，等他说喜不喜欢那顶帽子。她坐在那里，等待着，垂下眼帘，他能感觉到她的思绪，像一只鸟，从一根树枝落到另一根树枝上，总能准确降落。他能跟上她的思绪，坐在那里的她也一样，一派自然而然的松散姿态，如果他要说点什么，她会立刻微笑，像一只鸟，牢牢用爪子抓住粗壮的树枝，稳稳降落。

但他记得布拉德肖说过：“在我们生病的时候，我们最喜欢的人对我们没有好处。”布拉德肖说他必须学会休息。布拉德肖说他们必须分开。

“必须”，“必须”，为什么“必须”？布拉德肖对他有什么权力？“布拉德肖有什么权力对我说‘必须’？”他质问道。

“是因为你谈到了自杀。”雷齐娅说。（不幸中的万幸，她现在什么都可以对塞普蒂默斯说。）

所以他在他们的掌控之中！霍姆斯和布拉德肖摄住了他！那个红鼻孔的野兽嗅探着每处秘密据点！它可以说“必须”！他的文件都在哪里？他写的东西都在哪里？

她把文件、他写的东西、她帮他写的东西都拿来给他。她将这些悉数倒在沙发上。他俩一起盯着这些东西。图表、设计图、挥舞棍棒充当武器的小男人和女人们，他们的背上长着翅膀——是翅膀吗？一先令和六便士被涂抹了一圈又一圈——太阳和星星，犬牙交错的峭壁，登山者们用绳子串在一起，向上攀登，活像刀叉，碎裂的大海中有小小的脸蛋笑嘻嘻地探出来，可能是激起了浪花吧。还有一幅世界地图。烧掉它们！他大喝一声。现在轮到他写的东西了——死者如何在杜鹃花丛后歌唱，时间颂歌，还有和莎士比亚的对话。埃文斯，埃文斯，埃文斯——他从死者那里带来的信息：不要砍树，告诉首相。普遍的爱：世界的意义。烧掉它们！他大喝一声。

但雷齐娅用手。她觉得有些真的很美。她要用一块丝绸把它们捆起来（因为她没有信封）。

就算他们把他带走，她说，她也会跟他一起走。他们不能违背他俩的意愿将他俩分开，她说。

她将这些文件的边缘理齐整，捆好，扎起来时几乎没看上一眼。她坐得很近，坐在他边上，他思索着，仿佛她的所有花瓣都环绕着她。她是一棵开花的树，立法者的面孔透过枝丫向外张望。她抵达了一处避难所，在那里，她谁都不怕，不怕霍姆斯，不怕布拉德肖，这是一个奇迹，一次凯旋，是最后也最伟大的凯旋。他目睹她登上那可怕的阶梯，肩负着霍姆斯和布拉德肖，这些体重从未下过一百六十磅的男人，这些把妻子送上法庭的男人，这些每年赚一万英镑并谈论协调感的男人，他们的裁决有所不同（因为霍姆斯这样说，布拉德肖却那样说），但他们是法官，他们混淆了幻象与餐边柜，他们双眼昏花，却施以统治，加以惩罚。她战胜了他们。

“好了！”她说。文件捆好了。没有人能拿到它们。她会把它们收好。

而且，她说，没有什么能将他们分开。她挨着他坐下来，以那只鹰隼或是乌鸦的名字称呼他，那东西满怀恶意，还是农作物的超级破坏者，和他的行为有相似之处。没人能把他们分开，她说。

然后她起身去卧室收拾他们的东西，却听到楼下有动静，想着可能是霍姆斯医生来了，于是跑下楼去阻止他上来。

塞普蒂默斯能听到她在楼梯上同霍姆斯说话。

“我亲爱的女士，我是以朋友的身份来的。”霍姆斯说。

“不，我是不会允许你见我丈夫的。”她说。

他看得出她像一只小母鸡，展开翅膀，挡住他的去路，但霍姆斯坚持不懈。

“我亲爱的女士，请允许我……”霍姆斯说着把她推到一边（霍姆斯是个身强力壮的人）。

霍姆斯正在上楼。霍姆斯会冲开门。霍姆斯会说：“害怕了，嗯？”霍姆斯会抓住他。但是不，不是霍姆斯，不是布拉德肖。他摇摇晃晃地站起来，两只脚来回切换重心。他想着菲尔默太太那把干净的面包刀，是一把挺不错的刀，刀柄上刻着“面包”字样。啊，但人决不能糟蹋那东西。煤气取暖器？但现在太晚了。霍姆斯来了。他本可以拿到剃刀的，但雷齐娅已经收拾起来了，她总是那么做。只剩下窗户了，布鲁姆斯伯里寄宿公寓的那扇大窗户，打开窗户把自己扔出去，真是讨厌，真是麻烦，且相当戏剧性。这是他们的悲剧观，不是他或雷齐娅的（因为她和他同在）。霍姆斯和布拉德肖喜欢那种事。（他坐在窗台上。）但他会等到最后一刻。他不想死。生活很美好。阳光炽热。只是人类呢？对面有个老人走下楼梯，停下脚步，盯着他瞧。霍姆斯就在门口。“我会告诉你的！”他大喊，然后坚决地将自己扔了出去，狠狠砸在了菲尔默太太家的围栏上。

“懦夫！”霍姆斯医生叫嚷着冲开了门。雷齐娅跑到窗前，她看见了，她明白了。霍姆斯医生和菲尔默太太撞到了一起。菲尔默太太挥舞着围裙，让雷齐娅去卧室，让她遮住眼睛。人们楼上楼下跑来跑去。霍姆斯医生进来了——脸色像床单一样煞白，浑身发抖，手里拿着个玻璃杯。她必须勇敢，得喝点东西，他说（那是什么？甜的东西），因为她的丈夫不成人形，不会恢复意识了，她绝对不能见他，必须尽可能地避开。还要验尸。可怜的年轻女人。谁能预见这种事呢？突如其来的冲动，完全无法责怪任何人（他告诉菲尔默太太）。而他到底为什么这样做，霍姆斯医生想不明白。

当她喝下那杯甜水时，觉得自己似乎正打开落地窗，步入某座花园。可那是哪座花园呢？钟声正在敲响——

一、二、三，同所有重击与低语相比，这声音是多么理智，如同塞普蒂默斯自己。她快要睡着了。但钟声继续敲响，四、五、六，挥舞围裙的菲尔默太太（他们不会把尸体带进来的，对吧？）似乎是那座花园的一部分，或是一面旗帜。和姑妈一起住在威尼斯时，她曾经看到一面旗帜在桅杆上缓缓舒展开来。在战斗中牺牲的士兵就是这样被致敬的，而塞普蒂默斯扛过了战争。她的回忆大都是快乐的。

她戴上帽子，跑过麦田——那会是哪里呢？——她跑上了某座山丘，是靠近海边的某处，因为有船只、海鸥、蝴蝶，他们坐在悬崖之上。在伦敦，他们也那样坐着，半梦半醒间，雨水落下，喁喁私语，干燥的麦田蠢蠢欲动，海的爱抚穿过卧室的门抵达她身边。在她看来，大海仿佛用拱形的贝壳包裹住了他们，对躺在海岸上的她呢喃低语，她觉得自己如飞舞的花朵，散落在某座坟墓上。

"他死了。"她说，然后冲守着她的可怜老太太露出微笑，老妇人诚实的浅蓝眼睛死死盯着门看。（他们不会把他带进来的，对吧？）但菲尔默太太则嗤之以鼻。哦，不会，不会！他们正把他抬走呢。他们不该告知她吗？夫妻理当在一起，菲尔默太太心想。但他们必须按照医生说的做。

“让她睡吧。”霍姆斯医生边说边给她把了把脉。她看到他高大的身体轮廓被窗户衬得黑漆漆。他就是霍姆斯医生。

这是文明的胜利之一，彼得·沃尔什心想。救护车轻盈高亢的笛声响起，这是文明的胜利之一。速战速决，毫不拖泥带水，救护车朝着医院飞驰，立即人道地接走了某个可怜鬼，某个被击中头部的人，某个被疾病击倒的人，或是某个几分钟前在附近哪个路口被撞倒在地的人，正如人人都可能遇到的状况。这就是文明。从东方回来，这种效率，这种组织，这种伦敦的公共精神打动了他。每辆汽车或马车都自觉地闪开，让救护车通过。也许这有些病态，换句话说，大家向这辆搭载受害者的救护车展现出的尊重，不是更令人触动吗？——忙碌的男人们匆匆回家，但当它经过时，他们立刻想到各自的妻子，抑或更容易想象那可能就是他们自己，瘫在架子上，身边有医生和护士……啊，人们一旦直接开始想象医生啊，尸体啊，想法就会变得病态、伤感。一点小小的愉悦，也是一种视觉效果带来的强烈欲望，警告他不要再继续想那些东西——对艺术致命，对友谊也致命。真的。然而，当救护车转过街角，驶入下一条街，他仍能听到那轻盈高亢的鸣笛声，甚至当它穿过托特纳姆法院路，行至更远的地方时他也能听见。警报持续鸣响，尽管如此，彼得·沃尔什想，这是孤独的特权。私下里，人可以随心所欲。如果没人看见，他们就可以哭泣。在印度的英国人社交圈中，这种敏感脆弱曾是他一败涂地的原因。没有在恰当的时刻哭泣，笑也是一样不合时宜。“我就是有那种特质。”站在邮筒旁，他想。此刻他就能流下眼泪。为什么？天知道。可能是某种美吧，还有这一整天的重重压力。这一天从拜访克拉丽莎开始，高温、紧张把他搞得精疲力尽，各种印象纷至沓来，闯入幽深的心，永远无人知晓。部分原因是他发现生活像一座未知的花园，它隐秘完整且不容侵犯，布满转角，出人意料，是的。真的，某些时刻让人屏息凝神。此时，他站在大英博物馆对面的邮筒旁，就有这样一个时刻迎面扑来，这一刻，事物聚集到一起，这辆救护车，还有生与死。他仿佛被那突如其来的情感吸至某个高耸的屋顶之上，周身赤条条，像撒满了贝壳的白色海滩。他在印度的英国人社交圈中一败涂地的原因就是这种敏感脆弱。

克拉丽莎曾和他一起，在什么地方坐过公交车的顶层。至少克拉丽莎表面上很容易被打动，一会儿绝望，一会儿神采飞扬，那些日子里她总是很亢奋，是个很好的同伴。他们在公交车顶层上发现奇怪的小角落与名称，还有人，因为他们曾习惯于探索伦敦，从苏格兰市场带回一袋又一袋满满当当的宝贝——那时候克拉丽莎有个理论——他们有成堆的理论，总有理论，年轻人都有。那理论是用来解释他们的不满足感，解释不了解他人，也不被他人了解。他们怎可能彼此了解呢？每天见面，然后六个月，甚至几年不再见。这无法令人满意，他们都同意，人对他人的了解多么微乎其微啊。但坐在沿沙夫茨伯里大街行驶的公交车上，她说，她觉得自己无处不在，不是“这里，这里，这里”，她拍了拍椅背，而是无处不在。她挥挥手，沿着沙夫茨伯里大街前行。她就是那样。因此，要了解她，或了解任何人，必须找出那些使他们完整的某个人，甚至是某个地方。她与从未交谈过的人有着奇怪的亲近感，比如街上的某个女人，柜台后面的某个男人，甚至是树木，或谷仓。这让她最终形成了一种超验的理论，伴随着她对死亡的恐惧，让她相信，或者说她就是相信（尽管她心存疑虑），既然我们的幽灵，即我们显现的那一部分，同其他不可见的部分相比是如此短暂，而后者广泛传播，那么看不见的部分或许能幸存下来，附着在这个人或那个人身上，从而复活，甚至死后徘徊在某些地方。也许——也许吧。

回顾那段近乎长达三十年的友谊，她的理论在某种程度上是有效的。他们真正的会面是短暂的，断断续续的，且常常痛苦，被他的屡屡缺席和种种事情打断（例如今天早上，就在他开始同克拉丽莎交谈时，伊丽莎白进来了，像一匹俊俏沉默的长腿小马驹。），但这些碰面对他的人生影响无可估量。其中有一种神秘，你会得到一颗锋利、尖锐、扎手的小颗粒，即实际的会面，多半苦不堪言，但缺失了这种会面时，它会在最不可能的地方绽放，盛放，散发香气，让你触摸，品尝，环顾四周，迷失。多年以后，你才能充分地感受并理解它。她就这样来到了他的心上，在船上，在喜马拉雅山上，由最奇怪的事情触发（所以萨莉·塞顿这个慷慨且热情的傻瓜！她在看到蓝色的绣球花时想到了他）。她对他的影响，比他认识的任何人都要大。她总是违背他的意愿，以这种方式出现，冷静，淑女，充满批判，或者令人陶醉，浪漫十足，让他回忆起某片田野或英国的丰收。他最常在乡下见到她，而不是在伦敦。鲍尔顿的一幕接一幕……

他到酒店了。他穿过大厅，那里堆满了浅红色椅子和沙发，还有叶子细长、快要枯萎的植物。他从钩子上拿下钥匙。年轻的女士递给他一些信件。他上楼去——他最常在鲍尔顿看到克拉丽莎，在仲夏时节，那时他会在鲍尔顿住上一周，甚至两周，那些日子里人们经常那样。首先是在某座小山顶上，她会站在那儿，双手拍打发梢，斗篷飞扬，指向某处，冲他们大喊——她看到了下面的塞汶河。或是在树林里，她想把水壶烧开——她动手能力极差，水壶烟雾袅袅，吹到他们脸上，她那小小的粉红色脸庞从雾气中露出来。他们向农舍里的老妇人讨水喝。老妇人来到门口，目送他们离开。他们总是步行，其他人都是开车。她厌倦开车，除了那只狗外什么动物都不喜欢。他们沿着条条道路跋涉了数英里。她会停下来确定方位，穿越乡村把他领回去。他们一直在争论，讨论诗歌，讨论人，讨论政治（她那时是个激进分子），他们眼中别无旁物，只是她会偶尔驻足，忽而冲着某片景色或一棵树大喊大叫，并要他一起欣赏，然后又继续前行，穿过麦茬地。她走在前面，带着一朵要给姑妈的花，尽管她身体娇弱，走起路来却不知疲倦。暮色将至时，他们抵达鲍尔顿。然后，吃完晚餐，老布莱特科夫会打开钢琴，在心中默唱，他们会躺在扶手椅中，努力憋笑，但总是绷不住，索性放声大笑，笑个不停——嘲笑那压根不存在的声音。布莱特科夫假装没看到。接着就是早上，她如房子前的鹡鸰般上下翻飞……

哦，是她的信！这蓝色的信封，那是她的笔迹。他必须读。这又是一次注定痛苦的会面！读她的信需要极大的努力。“见到你是多么美好。我必须告诉你。”这就是全部。

但这信让他心烦意乱，让他恼火。他真希望她没有写这封信。再加上他的纷繁思绪，就像往他的肋骨上戳了一下。她为什么就不能放过他呢？毕竟，她已经和达洛维结婚了，这些年来一直同丈夫过着完美无缺的幸福生活。

酒店并非什么安慰之所。远远不是。曾有无数人把他们的帽子挂在那些钩子上，就连苍蝇（如果你想到了苍蝇）也曾栖息在别人的鼻子上。至于那种扑面而来的清洁感，压根不是清洁，不如说是空洞，是冷淡，并且注定如此。某个乏善可陈的主妇在黎明时分巡查、嗅闻、窥探，支使那些鼻子冻得发青的女仆们洗洗刷刷，就好像即将到来的访客是要用一尘不染的盘子端上桌的一块肉。一张床，用来睡觉；一把扶手椅，用来坐着；一个玻璃杯，一面镜子，用来刷牙和刮胡子。书籍、信件、晨袍，在毫无人情味的马毛毯子上蹭来蹭去，仿佛不协调的冒犯。是克拉丽莎的信让他看到了这一切。“见到你是多么美好。我必须这么说。”他折起信纸，而后一把推开，什么都不能诱使他再读一遍！

为了让他在六点钟收到信，她肯定是在他离开后就立即坐下来写，然后贴上邮票，派人去寄。正如人们所说，很像她会干的事儿。他的拜访扰乱了她。她感慨万千，有那么一刻，在她亲吻他的手时，她懊悔，甚至嫉妒他，很可能记起了（因为他看得出她的表情）他曾说过的话——如果她嫁给了他，或许他们将改变世界。然而，今非昔比，人到中年，庸庸碌碌，然后她用那不服输的生命力迫使自己把那一切推到一边。她有着劫后余生的能力，有着坚忍不拔、充满耐力、跨越障碍的能力，能够顺利渡过难关，他从未见过与之相似的人。千真万确。但他一离开房间，她就会有反应。她会为他肝肠寸断，她会去想，究竟能做些什么让他快乐（总是缺少这一件事）。他能看到她泪如雨下地走到写字台前，仓促地写下那一句他将看到的问候……

“见到你是多么美好！”她是认真的。

彼得·沃尔什现在已经解开了靴子。

但他们的婚姻不会成功。毕竟，另一种可能反而更为自然。

很奇怪，也很真实，很多人都这么觉得。彼得·沃尔什表现得很体面，胜任一切普普通通的岗位，受人喜欢，但人们觉得他有点古怪，自命不凡——但真的很奇怪，尤其是现在，他已满头华发，怎么还能一脸的满足，一脸的胸有成竹呢。正是这一点让他对女性充满吸引力，她们喜欢他不那么阳刚的气质。他身上有些非同寻常之处，或者说外表之下有些什么特质。可能是因为他有书卷气——每次来看你，他都会拿起桌上的书（此刻他正在读书，鞋带拖在地上）；或者因为他是个绅士，这体现在他敲烟斗、抖落烟灰的方式上；当然还有他对待女性的态度。因为，一个没有半点见识的姑娘就能将他轻而易举地玩弄于股掌之间，这真的很吸引人，又相当可笑，但她得自担风险。也就是说，尽管他可能非常随和，而且因为他的乐观与良好的教养，同他在一起确实令人神往，但这只到某个程度为止。她说了什么——不，不，他看穿了。他不会予以容忍——不，不。然后他可能会大吼大叫，左摇右晃，因为某个笑话和男人们一起乐不可支。他是印度美食最好的判官。他是个男人。但不是那种必须敬而远之的男人——这是件幸事，不像西蒙斯少校。一点也不像，黛西心想，尽管她有两个小孩，可还是习惯性地比较他们。

他脱下靴子。他清空口袋。随着小折刀一起掉出来的是一张黛西在阳台上的快照，她穿了一身白，一只猎狐㹴端坐膝头，她模样迷人，肤色黝黑，是他见过的她最好的样子。毕竟，一切都来得那么自然而然，比克拉丽莎要自然得多。没有大惊小怪，没有忧伤纠结，没有挑剔与烦躁，水到渠成。那个赏心悦目的黝黑女孩在阳台上大呼小叫（他能听到她的声音）。当然，她当然会给他一切！她喊道（她毫不谨慎），他想要的一切！她喊着，跑去迎接他，不管有谁在看着。而她才二十四岁。她有两个孩子。哎呀，哎呀！

好吧，他确实在这个年纪把自己搞得一团糟。每当夜半醒来，这种想法就强烈袭来。假设他们真的结婚了呢？对他来说一切都会很好，但她呢？伯吉斯太太，一个好人，从不多嘴多舌，他曾向她倾诉。她认为，他这次离开，来到英国，表面上是去见律师，但可能会让黛西重新考虑，思考这一切意味着什么。伯吉斯太太说，事关她的处境，她面临的社会障碍，还要放弃孩子。有朝一日，她会成为一个背负过去的寡妇，在郊区狼狈徘徊，或者更可能，不分青红皂白，肆意妄为（你知道的，她说，那种浓妆艳抹的女人会变成什么样子）。但彼得·沃尔什对这些言论嗤之以鼻。他还不打算死呢。无论如何，她必须自己做决定，自己判断。他一边想，一边穿着袜子在房间里踱来踱去，抚平礼服衬衫。他可能会去克拉丽莎的派对，要么就去某个礼堂，又或者，他可能哪儿也不去，就待在屋里读一本引人入胜的书，这本书的作者是他在牛津认识的人。如果他真的退休了，他只有一件要做的事——写书。他会去牛津，在牛津大学图书馆查资料。徒劳而悲惨，那个赏心悦目的女孩跑到露台尽头，徒劳地挥手，徒劳地高喊她一点也不在乎别人说什么。他就在那儿，她眼中世上最完美的绅士，最迷人也最高贵（他的年纪对她毫无影响），他就在布鲁姆斯伯里的酒店房间里来回踱步，刮胡子，洗脸，忙个不停。他拿起罐子，放下剃刀，想着要去牛津大学图书馆查资料，弄清楚一两件他感兴趣的琐事。而且无论是谁，他都会和那人聊聊，因此他越来越不在意午餐的具体时间，从而错过约会。而当黛西向他索要，她会的，索要一个吻，一次亲热，他都无法满足她的要求（尽管他真的很爱她）——简而言之，正如伯吉斯太太所言，她忘记他，或许还能更幸福些。或者仅仅记住一九二二年八月的他，那个黄昏时站在十字路口的一个身影，马车滚滚远去，那个身影也越来越遥远。而她就在马车上，稳稳坐在后座，当她眼看那身影渐渐缩小，并逐渐消失时，她还是伸出了双臂，依旧呼喊着她愿意做任何事，任何事，任何事……

他从不知道人们怎么想。他越来越难以集中注意力。他越来越沉湎其中，一心只有自己的事，一下阴沉，一下愉快，依赖女人，心不在焉，喜怒无常，越来越无法（他一边刮胡子一边想）理解克拉丽莎为什么就不能直接帮他们找个寄宿公寓，对黛西好一点，帮忙引荐她。然后他只需——只需做什么？只需游荡盘桓（事实上，他此刻正在理清繁多的钥匙与文件），闷头俯冲，浅尝辄止，独自一人，总之，自给自足。可是，当然没有人比他更依赖他人（他扣好了西装背心），这一直是他的致命弱点。他无法远离吸烟室，他喜欢那些上校，喜欢高尔夫，喜欢桥牌，最喜欢的还是女人的陪伴，以及她们的情谊的美好，还有她们在爱一个人时的忠诚、大胆与伟大，尽管有其缺陷，但在他看来（那张赏心悦目的黝黑面庞就凌驾在那些信封之上）宛如一朵花如此令人钦佩，如此灿烂鲜妍，生长于人生的山巅浪尖。而他呢？无法达到预期，总是倾向于掌握事物的全貌（克拉丽莎永久地削弱了他身上的某样特质），并且极易厌倦缄默的奉献，渴望爱情中的变化万千，尽管黛西要是爱上了别人，绝对会让他暴跳如雷，真的暴跳如雷！因为他善妒，这是性格使然，是无法控制的嫉妒。他受尽折磨！可是他的刀在哪儿呢？他的手表，他的印章，他的钱夹，以及克拉丽莎的信，他绝不会再读，但乐于想着它。还有黛西的照片在哪儿呢？现在该吃晚餐了。

他们正在用餐。

他们坐在被花瓶环绕的小桌子旁，衣着光鲜却不甚考究，披肩和包包放在一边，带着伪装出的沉着，因为不习惯晚餐有这么多道菜。他们自信满满，因为他们付得起。他们压力重重，因为他们一整天跑遍伦敦，购物，观光。他们有着天然的好奇心，因为那位戴着角框眼镜的英俊绅士进来时，他们环顾四周，上下打量。他们性情温良，因为很乐意给人帮点小忙，比如借个时刻表或传达有用信息。某种渴望在他们体内横冲直撞，隐秘地拉扯他们。他们渴望以某种方式与人建立某种联系，哪怕只是有共同的故乡（例如利物浦），有同名的朋友。他们鬼祟的目光与古怪的沉默突然缩了回去，一家人玩笑打趣，与外界绝缘。当沃尔什先生进来，在窗帘旁的小桌边坐下时，他们正坐在那里吃晚餐。

他赢得了他们的尊重，并不是因为他说了什么话，毕竟作为独自用餐的人，他只能同服务员攀谈，而是因为他看菜单的方式，他用食指指向一种特殊的酒，往靠近桌子的方向挪了挪身子，认真却不贪婪地对待晚餐，是这番举止赢得了他们的尊重。在用餐的大部分时间里，莫里斯一家都不得不对这种尊重保持缄默，直至在他们就座的餐桌旁，耳闻沃尔什先生在晚餐结束时说“巴特利特梨”时，这份尊重才骤然迸发。为什么他说话如此适度却又坚定，他那建立在正义之上的权利之中，有着恰到好处的克己守礼，无论是年轻的查尔斯·莫里斯，还是老查尔斯，无论是伊莱恩小姐还是莫里斯太太，全都明白。但当他独自坐在桌边，说出“巴特利特梨”时，他们感觉到他仿佛是在某种合法要求上指望他们的支持。他是某种事业的守卫者，而这项事业当即就会成为他们自己的事业，以至于他们怀着悲悯之心同他四目相对，之后他们同时来到吸烟室，聊上几句便在所难免了。

谈话并没有多深入——只是谈及了伦敦越来越拥挤，三十年来翻天覆地，莫里斯先生更喜欢利物浦，莫里斯太太去了威斯敏斯特花展，他们都见过威尔士亲王。尽管只是这种程度的交谈，彼得·沃尔什却认为，这世界上没有哪个家庭能与莫里斯一家相媲美，一个都没有。他们之间的关系完美无缺，他们对上流阶级毫不在乎，他们喜欢自己喜欢的东西。伊莱恩正在为家族企业接受培训，儿子赢得了利兹大学的奖学金，老太太（大约和他同龄）在家里还有三个孩子。他们有两辆汽车，但莫里斯先生仍旧在星期天修鞋。这太棒了，真的太棒了，彼得·沃尔什心想。他手拿利口酒杯，在毛茸茸的红色座椅和烟灰缸间前摇后晃。他对自己相当满意，因为莫里斯一家喜欢他。是的，他们喜欢说出“巴特利特梨”的人。他们喜欢他，他感觉到了。

他会去克拉丽莎的派对。（莫里斯一家离开了，但他们还会再见面。）他会去克拉丽莎的派对，因为他想问问理查德，他们——那些保守党的笨蛋们——都在印度干什么呢？在演什么戏？还有音乐……没错，还有纯粹的家长里短。

因为这就是我们灵魂的真相，他想，我们的自我，像鱼一样栖居深海，穿行于晦暗之中，在巨大水草的枝干间串联起自己的路。我们穿过阳光摇曳的空间，马不停蹄地深入阴暗、寒冷、幽深、神秘之境。突然间，我们冲出水面，在被风吹皱的海浪上嬉戏，那就是说长道短。我们有一种积极的需求，要去触碰、点燃、刺激自己。政府是什么态度——理查德·达洛维肯定知道——要对印度做什么？

那是一个酷热难耐的夜晚，报童们拿着布告走过，上面用巨大的红色字母宣告有热浪袭来。藤椅放在酒店的台阶上，超然的绅士们坐在那儿，小口喝着饮料，抽着烟。彼得·沃尔什就坐在那里。人们或许能想象，这一天，伦敦的一天，才刚刚开始。就像一个女人脱下她的印花裙和白围裙，换上蓝裙与珍珠，盛装打扮，白昼也是这样改头换面，脱下毛呢，换上薄纱，摇身变成夜晚，发出女人那种兴奋的叹息，她将衬裙扔到地板上，夜晚也同样抖落了灰尘、热气与色彩。车流稀疏，汽车叮叮当当，风驰电掣，取代了货车的缓慢。在广场浓密的绿荫间，四处高悬着炽烈的灯光。当夜晚在酒店、公寓和商店街区的城垛与尖塔上方逐渐苍白并消退，让这一切显现成形，逐渐清晰时，“我放弃了。”夜晚似乎在说。“我褪色了。”它开始说，“我消失了”。但伦敦压根就不接受，挥起刺刀刺向天空，钉住它，迫使它加入这场狂欢。

自从彼得·沃尔什上次造访英国以来，维莱特先生的夏令时已经引发了重大变革。这拉长的夜晚对他来说是新鲜的，相当振奋人心。年轻人抱着文件递送箱走过时，因为能够自由自在而欢欣鼓舞，也默默为能踏上这条著名街道而自豪。虽然那是华而不实的廉价喜悦，如果你非要这样想，但还是会让他们欣喜若狂，满面红光。他们穿得也很体面，粉色长袜，漂亮鞋子。现在他们有两个小时的时间可以泡在电影院。这黄蓝交织的夜间光线将他们映照得明朗而精致，广场上的树叶闪耀着诡异的青灰色光芒——仿佛浸在海水之中——是沉没的城市的枝叶。这美令他震惊，也鼓舞了他。在回归故里的印度的英国人同胞有权落座的地方（他认识很多这样的人），在东方俱乐部，他们满腔怒火地总结世界的毁灭，而他却在这里，如往常一样年轻，羡慕年轻人的夏令时和其他一切，并且从一个女孩的话语当中，从一个女仆的笑声当中——那些触不可及的无形事物——感受到整个金字塔般的社会传统起了变化，在他年轻的时候，这种传统似乎是不可动摇的。它压在他们身上，压垮了他们，特别是女人们，就像克拉丽莎的海伦娜姑妈习惯夹进灰色吸墨纸之间的那些花儿一样，上面还要压一本利特尔词典。晚饭后，她就坐在灯下做这些。如今她已不在人世。他从克拉丽莎那儿听说过她的状况，她有一只眼睛失明了。简直再合适不过——大自然的杰作之一——老帕里小姐理应变成玻璃。她会像霜冻中的鸟儿一样死去，死死抓住栖息的树枝。她属于不同的时代，但她是如此完整，如此无缺，因而始终耸立在地平线上，洁白如石，成就斐然，像一座灯塔，标志着这次漫长的冒险航程中的某一段过去，这无尽的——（他摸索着找一枚硬币，想买张报纸，读读关于萨里和约克郡的消息，他已经递出那枚硬币无数次——萨里队又全军覆没了）——这无尽的人生啊。但板球不仅仅是一场比赛。板球很重要，他总是忍不住读板球新闻。他先读最新消息里的比分，然后读到今天有多热，接着是一桩谋杀案。重复同样的事百万次，这让人们经验丰富，不过也可以说成是摘掉了面具。过往丰富了，经验丰富了，在乎过一两个人，因此获得了年轻人所缺乏的能力，能够当机立断，做自己喜欢的事儿，不在乎别人的闲言碎语，来去自在，不抱大而无当的期待（他把报纸留在桌子上，走开了）。然而（他找帽子和外套）对他来说，并非全然如此，起码今晚不是，因为他正要去参加一个派对。在这个年纪，他怀着一种信念，深信自己将有一番经历。但那是什么经历呢？

是美，无论如何都是美。不是目之所及的粗俗之美。那不是纯粹而质朴的美——贝德福德广场通往罗素广场。那美是笔直而空旷的道路，当然了，是街边通道的对称，但也是亮起的窗户，是一架钢琴、一台留声机发出的声音，是一种隐藏起来的快感，但时不时露出头角。当窗户敞开，通过拉开窗帘的窗口，能看到一群人围坐桌边，年轻人缓慢逡巡，男人与女人之间进行着对话，女仆们无所事事地向外张望（工作完成后，她们就阴阳怪气地评头论足），还能看到晾在顶层架子上的长袜、一只鹦鹉、几株植物。这种生活引人入胜，妙不可言，无限丰富。在宽敞的广场上，出租车起步，急转，风驰电掣。游荡街头的情侣调情、拥抱，缩在花洒般的树荫下，画面动人。他们如此安静，如此专注，以至于人们经过时谨小慎微，羞涩胆怯，仿佛是面对某种神圣的仪式，打断便是不敬。很有趣。于是他继续步入火焰与强光之中。

他的轻便外套被风吹开，他以难以形容的独特步伐前行，身体稍微前倾，步履轻快，双手背在身后，眼睛仍旧有点像鹰隼。他轻快地穿过伦敦，朝威斯敏斯特走去，边走边观察。

所以，人人都在外面吃饭吗？这里有个男仆打开门来，请一位昂首阔步的老夫人出来，她穿着搭扣鞋，头上插着三根紫色的鸵鸟羽毛。一道道门为那些用披肩把自己裹成木乃伊、头戴明媚花朵的女士打开，也为没有头饰的女士而开。而在有灰泥立柱的体面住宅区，穿过小小的屋前花园，女人们来了，披肩轻盈，头发上插着梳子（才刚匆匆看过孩子们），男人们在等她们，他们的外套被风吹开，汽车发动。每个人都要出门。随着这些门一一敞开，落脚的人与出发的人来回穿梭，整个伦敦都好似登上了一艘停泊在岸边的小船。船在水面摇晃，仿佛整座城市都在狂欢中随波逐流。蜘蛛滑过怀特霍尔街，仿佛镀上了一层银色。蜘蛛滑过，空气中弥漫着一种蠓虫环绕弧光灯的感觉，天气太热了，人们随处站着聊天。而在威斯敏斯特，有一位退休法官，可能是法官吧，规规矩矩地坐在自家门口，身着一袭白衣，可能是个曾长居印度的英国人。

一群吵闹的女人，醉酒的女人，引起了骚动。这里只有一个警察与赫然耸现的一栋栋房屋，高高的房屋，圆顶的房屋，教堂、议会，还有河上汽船低沉而模糊的鸣笛声。但这是她居住的街道，这里，克拉丽莎居住的街道，出租车冲过街角，如水绕过桥墩，他觉得那些车全都殊途同归，因为它们载的是去参加派对的人，克拉丽莎的派对。

这些冰冷的视觉印象在他眼前逐渐模糊，他的眼睛仿佛满溢的杯子，他任凭多余的液体顺着瓷壁流下而不予理会。现在大脑必须醒来，现在身体必须绷紧，他要进入那栋房子，那栋灯火通明的房子。那里大门敞开，车辆停在门口，光彩夺目的女人们正在下车，灵魂必须鼓起勇气来承受此情此景，他打开了小折刀硕大的刀片。

露西全速冲下楼。她才刚刚跑进起居室，抚平了一个罩子，摆正了一把椅子，而后停留了片刻，她觉得无论是谁进来，但凡看到这美丽的银器，黄铜火炉工具，崭新的椅套和黄色印花窗帘，都必定会感叹这里是多么干净，多么明亮，打理得多么精心。她评估了每一样物件，然后听到一阵喧哗，人们已经从餐厅过来了，她必须快点离开！

首相要来，艾格尼丝端着一盘玻璃杯进来时说，她是在餐厅里听他们这样说的。重要吗，有那么一丁点重要吗？一个首相还是几个首相，在晚上的这个时刻，对沃克太太而言，谁来都没有任何差别，她置身于盘子、炖锅、滤锅、煎锅、鸡肉冻、冰淇淋冷冻箱、削了皮的面包、柠檬、汤碗和布丁盏之中，无论她们在洗涤室里如何卖力清洗，这些东西似乎全都堆在她面前，堆在厨房桌子上，堆在椅子上，与此同时火炉尖叫咆哮，电灯刺目，还有晚餐要准备妥当。沃克太太只觉得，一个还是几个首相对她而言没有一丁点区别。

女士们已经上楼了，露西说。女士们一个接一个地上楼，达洛维夫人走在最后，而且总是让人往厨房捎话——“对沃克太太致以我的爱”是某天晚上的内容。第二天早上她们会检查那些菜肴——汤，鲑鱼。鲑鱼，沃克太太心知肚明，鲑鱼像往常一样没煮透。因为她总是很担心布丁做不好，所以把鲑鱼留给珍妮处理，因而总是煮不透。可露西说，有位一头金发、戴银饰的女士问，开胃小菜真的是在家里做的吗？但困扰沃克太太的是鲑鱼，她不停地转动盘子，把风挡推进去又拉出来。餐厅里传来一阵笑声，一个声音在说话，然后又是一阵笑声——女士们离开后，男士们尽情享受。托卡伊酒，露西跑进来说。达洛维先生要从皇家酒窖弄来的托卡伊酒，帝国托卡伊。

露西带着酒穿过厨房。露西回过头报告说伊丽莎白小姐看起来有多惹人爱，她无法从后者身上移开视线。伊丽莎白穿了粉色的裙子，戴了达洛维先生送她的项链。珍妮肯定记得那只狗——伊丽莎白小姐的猎狐㹴，因为咬人所以必须关起来，伊丽莎白认为它可能需要什么东西。珍妮肯定记得那条狗。周围有那么多人，珍妮是不会上楼去的。门口已经有一辆车了！门铃响了——而男士们还在餐厅里，在喝托卡伊酒!

终于，他们上楼去了，那是来的第一拨人。现在客人会越来越快地到来，帕金森夫人（专门为派对雇用的）会把大厅的门微微敞开，大厅里挤满等候的绅士们（他们站在那里等候，梳理头发），而女士们则在走廊尽头的房间里脱下披风，那里有巴内特太太帮忙。老艾伦·巴内特，她已经在这个家里工作了四十载，每年夏天都会来帮女士们的忙。她记得母辈们年幼时的模样，虽然她低调谦逊，但还是会同人们握手，尊敬地称她们为“尊贵的夫人”。在接待年轻小姐时她又有一种独到的幽默，曾相当巧妙地帮助了洛夫乔伊夫人，这位夫人的紧身马甲出了点状况。洛夫乔伊夫人和爱丽丝小姐忍不住觉得，在刷子和梳子的使用上，她们获得了特殊照顾。洛夫乔伊夫人已经认识巴内特太太——“三十年了，尊贵的夫人”，巴内特太太提醒她。以前，住在鲍尔顿的时候，年轻小姐们都不涂胭脂，洛夫乔伊夫人说。而爱丽丝小姐不需要胭脂，巴内特太太爱怜地看着她说道。巴内特太太会坐在衣帽寄存间，拍打毛皮，抚平西班牙披肩，整理梳妆台，纵然大家都身披毛皮与刺绣，但她心中雪亮，清楚哪些夫人是好人，哪些不是。真是亲爱的老人家，克拉丽莎的老保姆，洛夫乔伊夫人边上楼边说。

随后洛夫乔伊夫人挺直了身子。“洛夫乔伊夫人与小姐。”克拉丽莎对威尔金斯先生（专门为派对雇用的）说道。他在弯腰又直起身子时有一种卓尔不群的姿态。他弯腰又直起身子，完美无偏地宣布“洛夫乔伊夫人与小姐……约翰爵士和尼德汉姆夫人……韦尔德小姐……沃尔什先生。”他的举止相当出色，家庭生活想必无可指摘，只是，这样一个嘴唇发青、脸颊剃得锃亮之人，竟然会失足落入养儿育女的麻烦里去。

“见到你真是太好了！”克拉丽莎说。她对每个人都这么说。见到你真是太好了！这是她最糟糕的表现——热情过度，毫不真诚。来这里真是大错特错。他应该待在家里读书才对，彼得·沃尔什心想，他应该去杂耍剧院，他应该待在家里，因为他谁也不认识。

哦，天哪，肯定要失败了，简直一败涂地，当亲爱的莱克斯汉姆老勋爵站在那里，为妻子在白金汉宫花园派对上染了风寒、不能前来而道歉时，克拉丽莎从骨子里这么觉得。她能用余光看到彼得，他在批判她，他就在那儿，在那个角落里。说到底，她为什么要做这些事呢？为什么要追求巅峰，沐浴烈火呢？就让火焰吞噬她吧！把她烧成灰烬！怎样都比艾莉·亨德森那般渐渐消瘦要强，倒不如挥舞火炬，然后猛扔在地！太惊人了，彼得只消过来，站在角落，就能将她置于这种境地。他让她看清自己，可谓极尽夸张之能事。这很愚蠢。但他为什么要来呢？只是为了批判吗？为什么总是索取，从不付出？为什么不冒险提出哪怕一个自己的小观点呢？他在那里徘徊，她必须和他说话。但她不会有机会的。生活就是屈辱与克制。莱克斯汉姆勋爵说的是，他的妻子不肯在花园派对上穿皮草，因为“亲爱的，你们女士都一样”——莱克斯汉姆夫人少说也有七十五岁了！他们这对老夫妇相互宠溺，真是赏心悦目。她确实喜欢莱克斯汉姆老勋爵。她确实认为自己的派对很重要，得知一切都在出错，一切一蹶不振，这让她难受极了。任何事情，任何突发状况，任何惊恐，都比人们像艾莉·亨德森那样漫无目的地徘徊，而后成群结队扎进角落要强得多，他们甚至顾不上挺直后背。

布满天堂鸟图案的黄色窗帘轻轻掀起，仿佛有一群翅膀一股脑儿地飞进了房间，然后又被吸了回去。（因为窗户是开着的。）是不是有穿堂风？艾莉·亨德森想知道。她容易受凉。但是，就算明天她打着喷嚏下楼也没什么，她想到的是那些裸露肩膀的姑娘们。她受年迈父亲的教诲，总是为他人着想。她的父亲是个伤残人士，做过鲍尔顿的教区牧师，如今已经去世了。但她的受寒从未累及心肺，从未。她想到的是那些年轻女孩儿。裸露肩膀的年轻女孩儿。她自己一直都是个气若游丝之人，头发稀疏，身形瘦削，尽管现在年逾五十，开始散发出某种温和的光芒，通过经年累月的自我克制，净化出某种独一无二的特质，但还是再一次被她那令人烦恼的教养与不安的恐慌所掩盖。这种恐慌来自三百英镑的收入，以及两手空空的处境（她一便士也挣不到），这使她胆怯，并且一年比一年更不适合与那些穿着体面之人碰面。在这个季节，他们每晚都要参加这类派对，只需告诉女仆"我要穿这个那个"，而艾莉·亨德森则紧张兮兮地跑去买了便宜的粉色花朵，买了半打，然后用一条披肩裹住穿旧的黑裙。因为她在最后一刻才收到克拉丽莎的派对邀请。对此她不大高兴，她有一种感觉，克拉丽莎今年本不打算邀请她。

她为什么非邀请不可呢？除了她们是老相识外，确实没有理由。实际上，她们是表亲。但她们天然就很疏远，因为克拉丽莎总是备受追捧。对她来说，参加派对是件大事。光是看看那些漂亮的衣服就是一种享受。那不是伊丽莎白吗，她长大了，发型很时尚，穿着粉红色的裙子。但她最多也就十七岁。她非常非常俊俏。不过如今女孩子们初次亮相时，似乎不像她们那会儿穿白裙子了。（她必须记住所有事，好回去告诉伊迪斯。）女孩们穿直筒裙，非常紧，裙摆都在脚踝以上，她觉得这不大适合。

艾莉·亨德森眼神不好，因此脖子伸得老长。她并不介意没人和她说话（在场的人她几乎谁都不认识），因为她觉得他们都是很有意思的人，看着就挺有趣。可能是政治家，是理查德·达洛维的朋友，但恰恰是理查德自己觉得，他可不能让这个可怜的女人继续独自在那儿站上一整晚。

“嘿，艾莉，世界待你可好？”他亲切友好地询问，艾莉·亨德森紧张起来，她红了脸，觉得他来和她说话真是太善良了。她说很多人真心觉得炎热比寒冷更难以忍受。

“是的，他们确实这样，”理查德·达洛维说，“是的。”

但还能再说些什么呢？

“喂，理查德。”有人一边说一边拉住他的胳膊，天哪，那是老彼得，老彼得·沃尔什。理查德很高兴见到他——非常高兴见到他！他一点也没变。他们一起离开，穿过房间，轻拍对方，好像很久没见面了。艾莉·亨德森思索着，看着他们走开，确信她认得那个人的脸。一个高个子男人，人到中年，目光炯炯，黑发，戴眼镜，有点像约翰·伯罗斯。伊迪斯肯定知道是谁。

布满天堂鸟的窗帘再次被风吹起来。克拉丽莎看到了——她看到拉尔夫·里昂把它拍了回去，然后继续谈话。所以根本没有失败！从现在开始，一切都会好起来的——她的派对。已经开始了，已经启动了，但情况仍不明朗。眼下她必须站在那里，人们似乎蜂拥而至。

“加罗德上校与夫人……休·惠特布雷德先生……鲍利先生……希尔伯里夫人……玛丽·马多克斯夫人……奎因先生……”威尔金斯缓慢持重地通报来客。克拉丽莎同每个人都说上三言两语，他们继续走进房间，进入的是重要场合，绝非无足轻重之地，拉尔夫·里昂已经把窗帘拍回去了。

可是她所扮演的角色真是太费劲了。她并不享受。这太像是——任何人站在那里都行，任何人都可以做到，不过她的确还是有点佩服这位“任何人”。她止不住地觉得，无论如何，她都让这一切发生了，这标志着一个阶段，她已经成为哨兵。然而太奇怪了，她完全忘了自己长什么样，反而感觉自己像是一根被敲入楼梯顶端的木桩。每次办派对，她都有这种摇身一变、不再是自己的感觉，不过从某种角度而言，每个人都不是真实的，但在另一种意义上，却又更加真实。她认为，部分原因是他们的着装，部分原因是他们脱离了日常轨迹，还有一部分原因是大背景，在这里可以说一些别的场合不能说的事，需要咬咬牙才能说出来的事，可以聊得更深入。但她不行，至少现在还不行。

“见到你真是太好了！”她说。亲爱的老哈里爵士！在场的每个人他都认得。

但奇怪的是，当他们一个接一个上楼来时产生的感觉，蒙特太太和西莉亚、赫伯特·艾恩斯蒂、达克斯太太——哦，还有布鲁顿夫人！

“你能来真是太好了！”她说，她是认真的。她站在那里，感到他们往前走啊，走啊，有些人已经很老了，有些……这感觉真是太奇怪了。

什么名字？罗塞特夫人？但罗塞特夫人到底是谁？

“克拉丽莎！”那声音！是萨莉·塞顿！萨莉·塞顿！这么多年了！她在迷雾中若隐若现。克拉丽莎紧紧抓着热水壶时，感觉到萨莉·塞顿的模样变了。她在这个屋檐下，在这个屋檐下！完全变了！

尴尬与欢笑彼此交织，话语滔滔涌出——路过伦敦；从克拉拉·海登那里听说的；有机会见到你，所以我硬闯进来了——没有邀请……

她或许可以镇定自若地放下热水壶了。光彩已经离她而去。然而，再次见到她真是太奇妙了。她年纪大了，更幸福了，不那么可爱了。她们在起居室门口亲吻了彼此，先是这边的脸颊，然后是那边，克拉丽莎转过身，拉着萨莉的手，看到人头攒动的房间，听到人声鼎沸，看到烛台，看到飘动的窗帘，还有理查德送给她的玫瑰。

“我有五个儿子了。”萨莉说。

她有着丝毫不加修饰的自我中心主义，毫不遮掩的渴望，总是希望人们最先关注她，依然如故，而克拉丽莎却爱这样的她。“我简直不敢相信！”她喊道。她想到历历往事，因为开心，她周身容光焕发。

但是，唉，威尔金斯，威尔金斯需要她，威尔金斯正以指挥官一般的权威嗓音喊出一个名字，仿佛所有人都必须得到告诫，女主人必须收敛起轻浮：

“首相。”彼得·沃尔什说。

首相？真的吗？艾莉·亨德森惊叹。这事儿可得告诉伊迪斯！

没人能嘲笑他。他看起来那么普通。你可能会在买饼干的时候，看到他在柜台后面——可怜的家伙，他浑身装点着金色蕾丝边。他先是同克拉丽莎一起，然后又有理查德保驾护航，四处逡巡，平心而论，他表现得相当不错。他试图表现得像个重要人物，让人觉得他很有趣。可是没有人看他。他们只是继续谈话，但很明显，他们都知道，从骨子里能够感觉到这种擦身而过的权威感。他所象征的，正是他们所有人所代表的——英国社会。老布鲁顿夫人看起来也很不错，身着蕾丝，相当健壮。她迤逦而上，他们撤入了一个小房间，那个房间立刻被监视，严加守卫，一阵骚动与窸窣在所有人之间公然激荡：首相来了！

天啊，天啊，英国人的势利啊！彼得·沃尔什站在角落，心想。他们多喜欢穿金色蕾丝，动辄就致敬！看！那一定是——天啊，那是——休·惠特布雷德，在大人物周围嗅来嗅去，变得可真胖啊，惨白惨白的，那可钦可佩的休！

休看起来总是像在值班，彼得心想，他是个有特权但又必须守口如瓶的存在，他贮藏秘密，誓死捍卫，尽管那只是某个宫廷侍从信口开河的闲言碎语，而且明天就会出现在所有报纸上。这些秘密就是他的拨浪鼓，他的小饰品，把玩着它们，他华发渐生，行至暮年。有些人有幸结识了他这类典型的英国公学男子，他就享受着这些人的尊重与爱戴。人们不可避免地会给休编造出这样的故事来。那是他的风格，是那些令人感佩的信件的风格。彼得曾于千里之外的大洋彼岸，在《泰晤士报》上读到过。他感谢上帝让他脱离了那致命的沸反盈天，彼时他耳边只有狒狒的叫喊，还有苦力们殴打妻子的声音。一个橄榄色皮肤的年轻人，一脸谄媚地站在他身边，他来自某所大学。他会庇护他，教导他，传授他如何出人头地。因为他最热衷于行善，让那些老夫人的心悸动不已，都这把年纪了，还能被人惦记。她们愁眉苦脸，以为自己被彻底遗忘了，但亲爱的休赶来了，花一个小时谈论过去，回忆琐事，赞美自制蛋糕，哪怕他可以随时和公爵夫人一起吃蛋糕。而且，看看他呀，可能确实花了很多时间在那种愉悦的活动上。审判一切又包容一切的上帝可能会予以宽恕。彼得·沃尔什没有仁慈。必须有恶人，上帝深知，有些恶棍，因为在火车上把一个女孩打得脑袋开花而被绞死，但总的来说，同休·惠特布雷德及其所谓的善行所造成的危害相比，他们的罪孽要小得多。看看他现在，在首相和布鲁顿夫人出现时，他踮着脚尖，手舞足蹈地上前，点头哈腰，卑躬屈膝，向全世界暗示他有特权在布鲁顿夫人经过时，对她说点什么，而且是私事。她停下脚步，摇了摇自己苍老但精美的头颅，大概是在感谢他的某种奴颜婢膝。她有她的追随者，政府办公室里的小官员，四处奔走帮她办些小事，作为回报，她请他们吃午餐。但她是十八世纪的人。她没什么错处。

此时此刻，克拉丽莎正护送着她的首相穿过房间，她昂首阔步，神采奕奕，一头灰发优雅从容。她戴了耳环，穿一条银绿色的鱼尾裙，看上去宛如在波浪上摇曳，编织着发辫。她似乎仍有那种天赋：在场，有存在感，在她经过的那一刻，掌控了一切。她转身，披巾挂在另一个女人的裙子上，她解开，笑了，一举一动都散发着无可挑剔的从容，那气场仿佛某种以原子状态漂浮的生物。但年岁抚过了她，即使是美人鱼，也可能在某个清澈的傍晚，看到徐徐坠落的夕阳映照波浪。有一种温柔的气息在散发，她的严厉，她的拘谨，她的木讷，此刻都被暖透了。当她对那个尽力而为、装点金色蕾丝宽边的男人说再见，并祝他好运时，她看上去很权威，浑身弥漫着一种难以言表的端庄，一种发自肺腑的热忱，仿佛她希望全世界都好，但现在，处在万事万物的边缘，她必须告别了。这就是她留给他的印象。（但他并没有爱上她。）

确实，克拉丽莎觉得，首相能来真是太给面子了。她和他一起走过房间，萨莉在场，彼得在场，理查德喜形于色。所有可能会心怀嫉妒的人都在场。那一刻她万分陶醉，心脏神经扩张，直至微微颤抖，大起大落，居高不下。是的，但毕竟那是其他人所感受到的，尽管感受到那种兴奋与刺激让她满心欢喜，但这些表象，这些胜利（比如，亲爱的老彼得，他认为她很聪明），有一种空洞感，触手可碰，却距心灵遥不可及。或许是因为她在变老吧，那些欢喜不再像从前那样令她满足。当她目送首相下楼时，约书亚爵士那幅画（小女孩套着暖手筒）的镀金边框突然间让她想起了基尔曼——基尔曼，她的敌人。真叫人满意，这才是真实。啊，她多么痛恨她啊——热情，虚伪，道德败坏，拥有那么强大的力量，是伊丽莎白的引诱者。这女人蹑手蹑脚地爬进来，行偷窃与玷污之事（理查德会说她胡言乱语！）。她恨她，她爱她。人们渴望的是敌人，不是朋友——不是杜兰特夫人和克拉拉、威廉姆爵士和布拉德肖夫人、特鲁洛克小姐和埃莉诺·吉布森（她看到她们正上楼来）。如果他们需要她，就一定能找到她。她就是为派对而存在的！

那是她的老朋友哈里爵士。

“亲爱的哈里爵士！”她说着走向这位状态极好的老朋友。在圣约翰伍德，他创作出来的糟糕画作远比其他两位院士加起来还要多（他画的总是牛，伫立于黄昏的池塘之中饮水，或是举起一只前腿，并甩动犄角，通过这种动作象征“有陌生人靠近”。他自有一套姿势大全——他画的所有活动，比如外出用餐、赛马，都是以黄昏池塘中站立饮水的牛为基础）。

“你们在笑什么？”她问他。因为威利·蒂特科姆、哈里爵士和赫伯特·艾恩斯蒂都在笑。但不行，哈里爵士不能告诉克拉丽莎·达洛维（尽管他很喜欢她。他认为，在她那类人中，她完美无缺。他曾扬言要画她）那些杂耍剧院舞台上的故事。他拿派对打趣她。他想念他的白兰地。他说，这些圈子对他而言高不可攀，但他喜欢她，尊重她，尽管她那令人讨厌的、难以接近的上流社会的文雅，使得他不可能邀请克拉丽莎·达洛维坐到他的膝盖上。游荡的鬼火出现了，那迷走的磷光是希尔伯里老太太，她伸出手迎向他爽朗的笑声（关于公爵和夫人的笑话）。她在房间那头听到这笑声时，似乎多少放宽了心。如果早晨醒得早，她就不喜欢叫女仆来送茶，这件事偶尔会困扰她。我们必定会死，确定无疑。

“他们不会告诉我们他们的故事。”克拉丽莎说。

“亲爱的克拉丽莎！”希尔伯里夫人惊呼。她说，今晚克拉丽莎看起来太像她母亲了，和自己第一次见母亲时如出一辙。当时她的母亲就戴着那顶灰帽，走在花园里。

克拉丽莎热泪盈眶。她的母亲，在花园里散步！但遗憾的是，她必须走了。

因为讲授弥尔顿的布莱尔利教授正在那边同小吉姆·赫顿交谈（即使是这样的派对，他也无法搭配好领带和背心，也不会把头发梳平整），即使距离这么远，她也能看得出他们在争吵。因为布莱尔利教授是个怪人。他和那个三流作家之间隔着那么多学位、荣誉、讲座，但他立即察觉到一种与自身古怪个性格格不入的氛围——他渊博的学识与胆怯，他毫无热情可言的冷淡魅力，他掺杂了虚荣的天真。若是因一位女士蓬乱的头发，一个青年的靴子，让他意识到有个下层社会的存在，且这个社会毫无疑问值得赞许，让他意识到叛逆者、热心的年轻人的存在，想成为天才的人的存在，他就会颤抖，并轻轻摇头，嗤之以鼻——哼！——以此来暗示中庸的价值。为了鉴赏弥尔顿，你必须得进行些许古典文学训练。布莱尔利教授（克拉丽莎看得出来）和小吉姆·赫顿（他穿了红袜子，因为他的黑袜子在洗衣房）在弥尔顿的问题上不合拍。她打断了他们。

她说她喜欢巴赫。赫顿也喜欢。这是他们之间的纽带，赫顿（非常糟糕的诗人）总觉得，在那些对艺术感兴趣的贵妇人当中，达洛维夫人是最有品位的一个。她竟然这么严苛，真是奇怪。关于音乐，她全然客观。她自命不凡。但看着她是多么赏心悦目啊！她把家里收拾得这么好，如果不是为了教授们而收拾就好了。克拉丽莎很想把他拉到后面去，让他坐到里屋的钢琴前，因为他弹起琴来神乎其技。

“但是太吵了！”她说，“太吵了！”

“成功派对的标志。”教授彬彬有礼地点头，优雅地走开了。

“他知道和弥尔顿有关的一切。”克拉丽莎说。

“真的吗？”赫顿反问。他会在汉普斯特德到处模仿这位教授：谈论弥尔顿的教授，谈论中庸的教授，优雅走开的教授。

但她必须和那对夫妇说话，盖顿勋爵和南希·布洛，克拉丽莎说道。

他们显然没有为派对的喧闹添砖加瓦。他们并肩站在黄窗帘边上时，并没有（明显地）在交谈。他们很快就会一起离开，去别处，不论何时，他们都没有太多话要说。他们旁观，仅此而已。这样就够了。他们看起来那么干净，那么健康，她擦了杏色的粉底与胭脂，他则把脸洗得干干净净，漱过口，有一双鸟一样的眼睛，没有一颗球能从他身边飞过，也没有任何击球能令他惊讶。他击打，跳跃，准确无误，闻风而动。小马驹的嘴巴在他拉动的缰绳下颤抖。他有他的荣耀，有先辈的丰碑，有面挂在老家教堂的旗帜。他有他的职责，他的佃户，他的母亲和姐妹，她们整天都在洛德板球场，这就是达洛维夫人走上前来时，他们正在谈论的——板球、表亲、电影。盖顿勋爵相当喜欢克拉丽莎，布洛小姐也是，达洛维夫人是如此风华绝代。

“你们真是天使——你们能来真是太好了！”她说。她爱洛德板球场，她爱年轻人，爱南希。她穿着由巴黎最好的艺术家设计的昂贵礼服，站在那里，看上去就好像是身体自然而然长出了一圈绿色的褶边。

“我本来打算举办舞会的。”克拉丽莎说。

年轻人无法交谈。为什么要交谈呢？他们喊叫、拥抱、摇摆、熬夜到天明，给小马驹们带来糖，亲吻和抚摸可爱松狮的鼻子，然后，激动不已，鱼贯而出，纵身一跃，游泳浮水。英语庞大丰富的资源毕竟为情感交流赋予了力量（在他们这个年纪，她和彼得肯定会争论上一整晚），却不是为他们而准备的。他们就是年轻人该有的样子。他们会对庄园上的人好得无以复加，独处时却可能没精打采。

“真可惜啊！”她说，“我原本希望举行舞会的。”

他们能来真是太好了！但可别提跳舞了！房间已经挤得水泄不通了。

那是老海伦娜姑妈，围着披肩。唉，她必须离开他们了——离开盖顿勋爵和南希·布洛。那是老帕里小姐，她的姑妈。

海伦娜·帕里小姐还没有过世，帕里小姐还活着。她已经八十多岁了。她拄着拐杖慢慢地爬楼梯。她被安置在一把椅子上（理查德已经安排好了）。那些了解七十年代缅甸的人总是被带到她面前。彼得去哪儿了？他们曾经是那么要好的朋友。只要一提到印度，甚至锡兰，她的眼睛颜色就会（只有一只眼睛是玻璃做的）慢慢变深，变成蓝色，那只眼看到的不是人类——她没有温柔的回忆，没有对于总督、将军、叛乱的骄傲幻想——她看到的是兰花和山口，以及六十年代翻越一座座孤独山峰时，被苦力背在身上的她自己，她还会下到地上连根拔兰花（是极其鲜亮的花朵，以前从未见过），她用水彩画了下来。她是个不屈不挠的英国女人，她沉浸在深深冥想之中，想着兰花，想着自己六十年代在印度旅行的身影。若是回忆被战争打扰，比如说，在她门前投下一颗炸弹，让她惊醒，她就会烦躁不安——但这时，彼得来了。

"来和海伦娜姑妈聊聊缅甸。"克拉丽莎说。

然而他这一整晚都还没有和克拉丽莎说过一句话！

"我们稍后再谈。"克拉丽莎说着带他去见裹着白披肩、拄着拐杖的海伦娜姑妈。

"彼得·沃尔什。"克拉丽莎说。

那毫无意义。

克拉丽莎非要她来。太累人了，很吵，但克拉丽莎要她来，所以她来了。理查德和克拉丽莎住在伦敦真是遗憾。哪怕只是为了克拉丽莎的健康着想，也是住在乡下更好些。但克拉丽莎一直热衷社交。

“他去过缅甸。”克拉丽莎说。

啊！她不禁回想起查尔斯·达尔文对她那本有关缅甸兰花的小书的评价。

（克拉丽莎必须得同布鲁顿夫人说话。）

毫无疑问，她写缅甸兰花的那本书如今早已被人遗忘，但在一八七〇年以前，它印了三个版本，她告诉彼得。她现在想起他了。他去过鲍尔顿（彼得·沃尔什记得，克拉丽莎邀请他泛舟的那天晚上，在起居室里，他没说一句话就离开了她）。

“理查德非常喜欢你的午餐派对。”克拉丽莎对布鲁顿夫人说。

“理查德帮了我很大的忙，”布鲁顿夫人回应，“他帮我写了一封信。你怎么样？”

“哦，好极了！”克拉丽莎说。（布鲁顿夫人讨厌政治家的妻子生病。）

“那是彼得·沃尔什！”布鲁顿夫人说（因为她向来想不出能对克拉丽莎说点什么，尽管她喜欢她。克拉丽莎有很多优秀品质，但她们没有任何共同点——她和克拉丽莎。如果理查德娶了个魅力稍逊的女子，可能会更好，那样的女人能在工作中帮上他更多。他已经失去了进入内阁的机会）。“是彼得·沃尔什啊！”她说着和那个讨人喜欢的混蛋握了握手，他是个非常有能力的家伙，本应功成名就却没能做到（总是和女人纠缠不清），当然，还和老帕里小姐握了手。了不起的老太太！

布鲁顿夫人站在帕里小姐的椅子旁边，像个幽灵般的掷弹兵，披着黑色斗篷，邀请彼得·沃尔什共进午餐，热情友好，但没有闲聊，她完全记不起有关印度动植物的一丝一毫。她当然去过那里，曾和三位总督共处过，她认为有些印度公民真是相当不错，但印度的现状真是悲剧啊！首相刚刚一直在告诉她（老帕里小姐裹在披肩里，根本不在乎首相刚刚告诉了她什么），布鲁顿夫人想听听彼得·沃尔什的意见，因为他刚从核心地区回来。她会安排桑普森爵士同他见面，因为她真的为了这些夜不能寐：印度人的愚蠢甚至邪恶，她身为军人女儿的事实。她现在是个老女人了，派不上什么用场了。但她的房子，她的仆人，她的好朋友米莉·布拉什——他还记得她吗？——都在那里，只希望能起到一点作用，如果——简而言之，如果能帮得上忙就太好了。她从不谈论英格兰，但这个男人们的岛屿，这片她亲爱的、挚爱的土地（无须阅读莎士比亚），如果能有一个女人可以戴上头盔，射出弓箭，可以带领部队发起进攻，以不可动摇的正义统治野蛮部落，并长眠在教堂中那没有尖顶的盾牌下，或是安息在某个原始的山坡上，那个女人就是米莉森特·布鲁顿。她的性别和不太严谨的逻辑能力（她发现写一封信给《泰晤士报》根本不可能）阻碍了她，但她总是时刻心系帝国，并通过与那位身披铠甲的女神交往而获得了硬邦邦的举止，举手投足颇为强健，所以人们无法想象她会同这片土地分离，也无法想象若某个属地早已不再飘扬英国国旗，她还会在那里游荡。更别提成了亡魂就做不了英国人——不，不！不可能！

但那是布鲁顿夫人吗？（她以前认识）。白了头的那个是彼得·沃尔什吗？罗塞特夫人问自己（她曾是萨莉·塞顿）。那肯定是老帕里小姐——她在鲍尔顿的时候，那位老姑妈总是气鼓鼓的。她永远不会忘了自己赤身裸体跑过走廊，结果被帕里小姐叫去！还有克拉丽莎！哦，克拉丽莎！萨莉抓住她的手臂。

克拉丽莎停在他们身边。

“但我不能留下。”她说，“我稍后再来。等一下。”她边说边看看彼得和萨莉。她的意思是，他们必须等到所有人都离开。

“我会回来的。”她看着她的老朋友萨莉和彼得说道，他们正在握手，而萨莉，毫无疑问想起了从前，笑了起来。

但她的声音不再具备往日那迷人的丰富色彩，她的眼睛不复从前那般光照融融。从前她抽雪茄，一丝不挂跑过走廊去拿海绵袋，而艾伦·阿特金斯问，要是先生们碰上她可怎么办？但人人都原谅了她。她从储藏室偷了一只鸡，因为夜里她饿了。她在卧室里抽雪茄，把一本价值连城的书落在了平底船上。但每个人都崇拜她（也许除了爸爸），是因为她的温暖，她的活力——她会画画，她会写作。村里的老妇们至今都不会忘记问候“你那个穿红色斗篷的朋友，她真是生机勃勃”。她指控休·惠特布雷德，偏偏是休（而他就在那儿，她的老朋友休，正在同葡萄牙大使交谈），她指控他在吸烟室亲吻她，为了惩罚她说女人应该有投票权。下流的男人才这样做，她说。克拉丽莎还记得，自己不得不劝她别在家庭祈祷时谴责他——她绝对做得到，就凭她的大胆，她的鲁莽，她对成为万物中心和制造冲突热衷到了无以复加的程度，过去克拉丽莎常常认为，这样的人生必然会以某种可怕的悲剧收尾：她的死亡，她的殉难。然而，她却反其道而行之，出人意料地嫁给了一个秃顶男人。那个男人穿的衣服有着硕大无比的扣眼，据说在曼彻斯特拥有棉纺厂，而且她有五个儿子！

她和彼得一起落座，他们在交谈，这场景看上去太熟悉了——他们本就应该交谈。他们会讨论过去。她同他们两人（甚至比理查德更多）共享她的过去，共享花园、树木、老约瑟夫·布莱特科夫无声地哼唱勃拉姆斯、起居室的墙纸、垫子的气味。萨莉必将永远是其中的一部分，而彼得必将永远是另一部分。但她必须离开他们。还有她不喜欢的布拉德肖夫妇呢。

她必须去找布拉德肖夫人（穿着灰色和银色的衣服，像海狮在水池边上保持平衡，吠叫着希望得到邀请函，公爵夫人，典型成功男士的妻子），她必须去找布拉德肖夫人，并说……

但布拉德肖夫人抢先开口了。

“我们太晚了，亲爱的达洛维夫人，我们几乎不敢进来。”布拉德肖夫人说。

而威廉姆爵士看起来相当尊贵，灰发蓝眼，说是的，他们没能抗拒这个诱惑。他可能是在和理查德谈论那个法案，他们想在下议院通过。为什么目睹他和理查德谈话会让她感到尴尬？他看上去就是他应有的样子，一个了不起的医生。一个在他的职业领域绝对拔尖的人，很强大，也很疲惫。想想看他面对的病例——处于痛苦深渊中的人们，濒临错乱的人们，丈夫们和妻子们。他必须对一些骇人听闻的难题做决断。然而——她所感觉到的是，人们不愿意让威廉姆爵士看到自己不开心。不，不能让他看到。

“你儿子在伊顿怎么样？”她问布拉德肖夫人。

他因为腮腺炎错过了首发阵容，布拉德肖夫人说。她觉得，父亲比儿子本人还在意呢，“他自己，不过是个大男孩儿罢了。”她说。

克拉丽莎看向正同理查德谈话的威廉姆爵士。他看起来可不像个男孩儿——一点也不像。

她曾经和某个人一起去请教他的意见。他完全正确，相当明智。但天啊——能再次走到街上真是让人松了口气！她还记得，候诊室里有个可怜的家伙在抽泣。但她不知道是什么——关于威廉姆爵士，她到底不喜欢他的什么。只有理查德同意她的看法，“不喜欢他的品位，不喜欢他的气味。”但他能力出众。他们在谈论这个法案。威廉姆爵士提及某个病例，并压低了声音。那与他所说的战争创伤后应激障碍的延迟影响有关联，法案中必须有相应条款。

布拉德肖夫人压低声音，将达洛维夫人拉入一个隐蔽之处。由于她们同为女性，而且她对丈夫的杰出品性以及过度工作的可悲倾向无比自豪，因此她（可怜的傻瓜，她面前的人并不喜欢她）低声说：“就在我们要出发的时候，我丈夫接到了电话，是个非常悲伤的病例。一个年轻人（正是威廉姆爵士在告诉达洛维先生的）自杀了。他参过军。”哦！克拉丽莎心想，我的派对进行到一半，死亡来了。

她继续往前，步入小房间，首相和布鲁顿夫人去过那里。也许那里有人，但事实上没有人在，椅子上仍留有首相和布鲁顿夫人来过的痕迹。她恭敬地转身，他四平八稳地坐着，颇有威严，他们一直在谈论印度。没有人在。聚会的辉煌已经落幕，她独自一人身着盛装进来真是奇怪。

布拉德肖夫妇在她的派对上谈论死亡是要干什么？一个年轻人自杀了。而他们在她的派对上谈论这件事——布拉德肖夫妇谈论死亡。他自杀了——但怎么自杀的？每当她突然得知有意外发生，总是率先由身体感受到。她的裙子燃烧起来，她的身体灼烧起来。他从窗户纵身而下。地面闪现，铁锈斑斑的尖刺穿透他，奄奄一息，头破血流。他的脑袋“砰”的一声，他躺在了那里，“砰”一声，“砰”一声，然后是黑暗的窒息。她看到了。可他为什么这样做？布拉德肖夫妇竟然在她的派对上谈论这件事！

她曾把一先令扔进蛇形湖，除此之外，就再也没扔过别的东西了。可他却把生命扔掉了。他们继续活着（她必须得回去了，房间依旧人满为患，人们不断到来）。他们（她一整天都在想着鲍尔顿，想着彼得，想着萨莉），他们会变老。有一件事至关重要。一件事，被闲言碎语环绕，在她自己的生活中被丑化，被掩盖，每天都在腐败、谎言、闲话中被遗弃，而这正是他所珍藏的。死亡是反抗，死亡是试图传递信息。人们都认为无法触及那神秘的中心。亲者疏远，狂喜消退，最后只剩孤零零一人。死亡之中蕴藏一个拥抱。

但这个自杀的年轻人——他是否怀抱宝藏纵身一跃？"如果此刻便是死期，那将是最大的幸福。"她曾对自己说过一次，那时她穿着白衣，走下楼来。

或是换作诗人和思想家。假设他有那种激情，去找了威廉姆·布拉德肖爵士，那个伟大的医生，虽然在她看来他隐约有点邪恶，他没有性欲或情欲，对女人彬彬有礼，却能进行某种难以言明的侵犯——强迫你的灵魂，就是这样——如果这个年轻人去了他那里，而威廉姆爵士给他留下了这样的印象，前者凭借他的力量，有没有可能会说出（她此刻确实感觉到了），生活变得难以忍受，他们让生活变得无法忍受？像那样的男人会说出这种话来吗？

然后（她今天早上才感觉到）出现了一种恐惧，一种压倒性的无能为力，一个人的父母把生命交到他手中，要他把人生活到尽头，要他平静地走下去，她的内心深处涌出一种可怕的恐惧感。即便现在，她依然恐惧，因而理查德不在家的时候，她常常读《泰晤士报》，这样她就能像鸟一样蜷缩起来，慢慢恢复活力，摩挲一根又一根枝条，经历一件又一件事。想必她已经死亡。她逃脱了。但那个年轻人自杀了。

不知为何，这成了她的灾难——她的耻辱。目睹这里一个男人，那里一个女人，在这深沉的黑暗中沉没并消失，而她被迫站在这里，身穿晚礼服，这是对她的惩罚。她谋划过，她行窃过。她从来不值得别人五体投地。她曾渴望成功——成为贝克斯伯勒夫人那样的人。她还曾在鲍尔顿的露台上散步。

那是理查德的功劳，她从未如此幸福。什么都不够缓慢，什么都不够持久。没有什么快乐能与这种幸福相媲美，她边思索边摆正椅子，把书架上的一本书推回去。青春的辉煌已然落幕，她在生活的推移中渐渐迷失自我。随着太阳升起和沉落，她怀着巨大的喜悦发现了这一幸福。在鲍尔顿的日子里，有太多次，在他们聊天时，她看向天空，或是晚餐时，她透过人们肩膀的间隙看它，或是在伦敦无法入睡时看它。她走向窗口。

尽管这个念头很愚蠢，但它确实包含了她本身的一些特质。这片乡村的天空，这片威斯敏斯特上方的天空。

她拉开窗帘，她看了看。哦，多么惊人啊！——对面的房间里，那位老太太正直勾勾地盯着她呢！老太太要上床了。还有天空。她原以为那会是一片肃穆的天，会是黯淡朦胧的天，正优美地转过面庞。但天空就在那儿——灰白色，巨大的锥形云朵飞速掠过。在她眼中，这是见所未见的天空。风怕是已经起了。在对面的房间里，老太太要上床睡觉了。她看着那个老太太穿过房间，走向窗户，真是令人着迷。她能看到自己吗？人们仍旧在起居室里欢声笑语，大声喧哗。此刻她看着那个老太太，安静地独自上床，真是令人着迷。现在她拉上了窗帘。钟声开始敲响。那个年轻人自杀了，但她并不同情他。钟声敲响，一，二，三，她并不同情他，一切都在继续。看呀！老太太熄了灯！此刻整个房子陷入黑暗，一切都在继续，她重复道。一句话自动浮现：不要再害怕太阳的炽烈。她必须回到他们当中。但这是个多么非凡的夜晚啊！她莫名觉得自己很像他——那个自杀了的年轻人。她很高兴他那样做了，弃生命若敝屣，而他们继续生活。钟声在敲响，沉闷的音圈消散在空气之中。但她必须回去，她必须把大家召集起来，她必须找到萨莉和彼得。她走出了小房间。

“可是克拉丽莎在哪儿呢？”彼得问。他和萨莉一起坐在沙发上。（毕竟认识了这么些年，他真的没法喊她“罗塞特夫人”。）“那女人去哪儿了？”他问，“克拉丽莎在哪儿？”

有一些重要人物，政治家，他们俩都不认识，顶多在画报上见过，克拉丽莎必须得好生接待他们，必须同他们交谈，萨莉如此猜测，彼得也这么想。她和他们在一起。然而理查德·达洛维并不在内阁。萨莉猜测，他没能成功？就她自己而言，她几乎从不读报，有时她看到他的名字被提及，但是——好吧，她过着与世隔绝的生活，在荒郊野岭，克拉丽莎会说，和那些大商人、大制造商在一起，反正就是那些干实事的男人们。她明明也做了很多实事！

“我有五个儿子！”她告诉他。

老天，老天，她发生了多大的变化啊！母性的温柔，以自我为中心的母性。彼得还记得，他们上次见面是在月光下的花椰菜地，叶片“宛如粗糙的青铜”，她这样说，文学腔十足，她还摘了一朵玫瑰。那个可怕的夜晚，温泉边的冲突过后，她带着他来来回回地走，他还要去赶午夜的火车。天啊，他哭了！

那是他的老习惯，打开一把小折刀，萨莉心想，每当情绪激动的时候就总是把刀开开合合的。他们曾经亲密无间，她和彼得·沃尔什，在他爱上克拉丽莎时，在一次午餐时发生了可怕且荒谬的一幕，那一幕同理查德·达洛维有关。她叫理查德“威克汉姆”，克拉丽莎火冒三丈！事实上，从那以后，她和克拉丽莎就很少见过彼此，过去十年里顶多也就见过五六面。而彼得·沃尔什去了印度，她模糊地听说他有过一段不幸的婚姻。她不知道他们是否有孩子，而她不能问他，因为他已经变了。他看上去相当萎靡，但更和善了，她觉得自己对他抱有真正的感情，因为他同自己的青春息息相关。她仍然留着他送的那本小小的艾米丽·勃朗特的书，想必他原本是要写作吧？那些日子里，他本来是要写作的。

“你写了吗？”她问他，手在膝盖上摊开，她的手结实而线条匀称，他想起了这个姿势。

“一个字没写！”彼得·沃尔什说。她笑了。

萨莉·塞顿仍然魅力十足，仍旧是个重要角色。但这个罗塞特是何许人也？他在结婚那天戴了两朵山茶花——这是彼得对他的全部了解。“他们有无数的仆人，几英里的温室。”克拉丽莎写信说。诸如此类。萨莉大笑着承认。

“没错，我每年有一万镑收入”——税前还是税后，她记不清了，因为丈夫替她处理了所有这些事，“你必须得见见他，”她说，“你会喜欢他的，”她说。

萨莉过去常常一身旧衣破衫。为了来鲍尔顿，她曾把玛丽·安托奈特送给她曾祖父的戒指拿去典当了——他没记错吧。

哦，是的，萨莉记得，她还留着那枚玛丽·安托奈特送给她曾祖父的红宝石戒指。那段日子里，她身无分文，去鲍尔顿总是意味着某种可怕的节衣缩食。但去鲍尔顿对她意义重大——能让她保持理智，她对此深信不疑。她在家中是那么不幸。但那都是过去的事了——现在一切都结束了，她说。帕里先生死了，帕里小姐还活着。他这辈子从来没有这么震惊过，彼得说！他一直确信她已经去世了。而婚姻，萨莉估摸，是成功的？那个俊眉修眼、镇定自若的年轻女子正是伊丽莎白，在那边，窗帘边上，穿着红裙。

（她像一株白杨，她像一条河流，她像一株风信子，威利·蒂特科姆在想。哦，要是能在乡下做她喜欢的事情，一定会更美好吧！她能听到她可怜的狗在嚎叫，伊丽莎白确信。）她一点也不像克拉丽莎，彼得·沃尔什说。

“哦，克拉丽莎！”萨莉慨叹。

萨莉的感觉很简单：她欠克拉丽莎很多，她们曾是朋友，不是熟人，是朋友。她仍旧能看到克拉丽莎一袭白裙，手里捧满了花在房子里徘徊。时至今日，烟草植物仍旧能让她想起鲍尔顿。只是——彼得能明白吗？——她缺少了一些东西。缺什么呢？她有魅力，她有非凡的魅力。但坦率地说（她觉得彼得是个老朋友，一个真正的朋友——不在跟前重要吗？距离重要吗？她常常想写信给他，却又撕掉，但还是觉得他都明白。因为人们无须多言也能明白，正如人们可以意识到变老这件事。而她确实老了，那天下午她去伊顿看望儿子们，他们得了腮腺炎），那么，坦率地说，克拉丽莎怎么能这样做呢？——嫁给理查德·达洛维？一个运动爱好者，一个只关心狗的人。一点都不夸张，他走进房间的时候，浑身马厩味。就这些？她挥了挥手。

那是休·惠特布雷德，他闲庭信步晃过去，穿着白背心，迟钝、肥胖、盲目，看上去除了自尊和舒适，其他全不放在眼里。

“他不会认出我们的。”萨莉说，而且她真的没有勇气面对他——那就是休，可钦可佩的休！

“他在做什么？”她问彼得。

他给国王的靴子擦鞋油或者在温莎数瓶子，彼得告诉她。彼得依然保持着他的牙尖嘴利！但萨莉必须直言不讳，彼得说。现在说说那个吻，休的吻。

在嘴唇上，她向他保证，有天晚上在吸烟室。她怒气冲冲地直接去找了克拉丽莎。休才不会干这种事呢！克拉丽莎却说，那是可钦可佩的休！休的袜子是她见过的最漂亮的袜子，无一例外——包括现在他的晚礼服。完美！他有孩子了吗？

“这个房间里的每个人都有六个在伊顿公学的儿子。”彼得告诉她，除了他自己。他，感谢上帝，一个都没有，没有儿子，没有女儿，没有妻子。好吧，他似乎并不在意，萨莉想。他看起来比他们都要年轻，萨莉觉得。

但是，以那种方式结婚，怎么看都是件蠢事，彼得说。“真是个完美的傻瓜，”他说，但他又说，“我们度过了一段灿烂美好的时光。”但那怎么可能呢？萨莉琢磨起来，他是什么意思呢？而且，多奇怪啊，她明明认识他，却对发生在他身上的事一无所知。他是出于骄傲才那样说吗？很有可能，毕竟他肯定觉得很难堪（尽管他是个怪人，属于某种小精灵，压根不是寻常人），这把年纪了却无家可归，无处可去，肯定很孤单。他应该来和他们住上几周。他当然是愿意的，他很乐意同他们待在一起，所以就这么定了。这么多年来，达洛维夫妇一次也没去过她家。他们一次又一次地发出邀请。克拉丽莎（当然是克拉丽莎）是不会来的。因为，萨莉说，克拉丽莎内心是个势利小人——必须得承认，她就是势利小人一个。这就是她们之间的问题，她深信不疑。克拉丽莎认为她低嫁了，但她为丈夫感到骄傲，他是个矿工的儿子。他们的每一分钱都是他挣来的。小时候（她声音颤抖）他就扛起了大大的麻袋。

（彼得觉得她会继续这样说下去，一小时接一小时，矿工的儿子，人们觉得她低嫁了，她的五个儿子，还有什么——植物、绣球花、丁香，非常非常罕见的木槿百合，从来不在苏伊士运河以北生长，但她却拥有成片成片的花坛，如假包换的花坛，就在曼彻斯特附近的郊区，只有一个园丁打理！现在，克拉丽莎逃脱了所有这些，她本来就不是个贤妻良母嘛。）

她是个势利小人吗？是的，在很多方面都是。这段时间她去哪儿了？时间不早了。

“然而，”萨莉说，“当我听说克拉丽莎要办个派对时，我觉得我不能不来——我必须再见她一面（而且我就住在维多利亚街，几乎就在隔壁）。所以我就不请自来了。但是，”她低声说，“告诉我，真的，这人是谁？”

那是希尔伯里太太，正在找门。因为已经太晚了！夜色深沉，人们渐次离去，她喃喃自语着。人们找到了老朋友，找到了安静的一隅和某个角落，还有最美妙的风景。他们知道吗？她问道，他们正被一座魔法花园环绕着？灯光、树木、闪闪发光的湖泊与天空都美妙极了。只不过是后花园里的一些小彩灯而已，克拉丽莎·达洛维说过！但她是个魔术师！那是一座公园……她不知道他们的名字，但她知道他们是朋友。没有名字的朋友，没有歌词的歌曲，总是最好的。但有这么多门，这么多意想不到的地方，她找不到路。

“希尔伯里老太太。”彼得说。但那又是谁？那个在窗帘边上杵了一整晚，一句话也没说的女士？他认得她的脸，能把她同鲍尔顿联系起来。她肯定在窗边那张大桌子上剪裁过内衣吧？戴维森，那是她的名字吗？

“哦，那是艾莉·亨德森。”萨莉说。克拉丽莎对她真的很苛刻。她是个表亲，穷困潦倒。克拉丽莎对人很苛刻。

那是相当苛刻，彼得说。然而，萨莉又说，她的嗓音充满感情，热情洋溢。彼得曾经因此而喜欢她，不过现在他有点怕了，怕她可能会过于心潮澎湃——克拉丽莎对朋友是多么慷慨啊！在夜晚或圣诞节，当她一一进行祝祷时，总是将友谊放在第一位，你会发现这种品质是多么罕见。那时她们还年轻，那就是原因。克拉丽莎心地纯洁，那就是原因。彼得会认为她是多愁善感。她确实如此。因为她渐渐觉得，唯一值得一说的就是一个人的感受。聪明反被聪明误。一个人必须简简单单说出自己的感受。

“但我不知道。”彼得·沃尔什说，“不知道我感觉如何。”

可怜的彼得！萨莉心想。为什么克拉丽莎不来和他们说话？那是他所渴望的。她知道的。一直以来，他所思所想的只有克拉丽莎，他只会烦躁地把玩那把刀。

他倒是还没发现生活很简单，彼得说。他和克拉丽莎的关系始终都不简单。这已经毁了他的一生，他说。（他们曾经如此亲密——他和萨莉·塞顿，不说出来真的很荒谬。）人不可能两次步入爱河，他说。而她又能说什么呢？然而，爱过总比没爱过好（但他会觉得她多愁善感——他总是那么尖锐）。他必须来曼彻斯特和他们一起住。千真万确，他说，千真万确。他很愿意去同他们小住一段时日，伦敦的事情一了结他就去。

克拉丽莎从来就没有像爱彼得那样爱过理查德，萨莉确信。

“不，不，不！”彼得回答（萨莉不应该那么说——她太过了）。那个好人——亲爱的理查德老伙计，他就在房间那头，滔滔不绝。他在跟谁说话呢？萨莉问，那个仪表堂堂的人是谁？像她这样住在远离尘嚣之地，对知道谁是谁有着难以餍足的好奇心，但彼得不认识。他不喜欢那个人的长相，他说，可能是个内阁大臣。在他的眼里，理查德是所有人中最好的一个，他说——是最无私的。

“但他又做了些什么呢？”萨莉问。公共工作吧，她猜。他们在一起幸福吗？萨莉问（她自己幸福洋溢）。因为，她承认，她对他们一无所知，只能直接跳跃到结论，人们都是这样，毕竟，哪怕是终日生活在一起的人，我们又能了解多少呢？她问。我们不都是囚犯吗？她读过一部精彩绝伦的戏剧，写的是一个在牢房墙壁上刻东西的男子，她觉得那就是生活的真相——人在墙上刻啊刻。因为对人际关系绝望（人们太难相与了），她经常到花园去，从她的花朵中获得男男女女们从未给过她的平静。但是不，他不喜欢卷心菜，他更喜欢人类，彼得说。确实，年轻人是美丽的，萨莉瞥见伊丽莎白穿过房间，说道。和那个年纪的克拉丽莎多么不同啊！他能从她身上看出什么来吗？她是不会开口的。看不太出来，还不行，彼得承认。她像一株百合花，萨莉说，池塘边的一株百合花。但彼得不赞同“我们一无所知”这个看法。我们知道一切，他说，至少他知道。

但这两个人，萨莉耳语道，这两个人过来了（如果克拉丽莎还不快点来，她真的得走了），就是刚刚一直跟理查德说话的那个仪表堂堂的男子，还有他其貌不扬的妻子——对于这样的人，我们能知道些什么呢？

“他们是该死的骗子。”彼得漫不经心地看着他们说。他把萨莉逗笑了。

威廉姆·布拉德肖爵士停在门口看一幅画。他在角落里寻找版画师的名字，他的妻子也在看这幅画。威廉姆·布拉德肖爵士对艺术兴趣浓厚。

人在年轻时，彼得说，太过兴奋，无法了解别人。而现在，年纪大了，确切地说，是五十二岁了（萨莉说她身体上五十五岁，但内心仍像个二十岁女孩儿），人变成熟了，彼得说，可以观察，可以理解，而且没有失去感受力。没错，的确如此，萨莉说。每一年，她的感受都更为深刻，更为激昂。它日益增长，他说，唉，也许吧，但人应该为此而高兴——在他的经历中，感受力一直在增长。在印度有那么一个人。他愿意跟萨莉说说她的事。他愿意让萨莉了解她。她结婚了，他说。她有两个小孩，年纪尚小。他们必须都到曼彻斯特来，萨莉说——他必须在他们离开前答应。

“那是伊丽莎白。”他说，“她所感受到的东西不及我们的一半，时候未到。”“但是，”萨莉看着伊丽莎白走向父亲，说道，“能看出他们全身心爱着彼此。”她能从伊丽莎白走向父亲的方式里感觉出来。

她的父亲站在那儿同布拉德肖夫妇说话时一直在看她，并暗自思索，那个赏心悦目的姑娘是谁？而后突然意识到，那是他的伊丽莎白，他竟然没有认出她。她穿着粉红色的连衣裙，是那么楚楚动人！伊丽莎白和威利·蒂特科姆说话时感觉到父亲在看自己，所以她走向他。此刻派对接近尾声，他们并肩而立，看着离去的人们，房间越来越空，地上一片狼藉。就连艾莉·亨德森也要走了，她几乎是最后一个离开的，尽管没有人和她说过话，但她想旁观所有的一切，好讲给伊迪斯听。理查德和伊丽莎白很高兴派对要结束了，理查德为女儿感到骄傲。他本不打算告诉她，但还是忍不住说了出来。他说，刚才他看着她，心下好奇，那个天生丽质的姑娘是谁？原来是他自己的女儿！这的确让她高兴。但她那只可怜的狗正在嚎叫。

“理查德进步了。你是对的。”萨莉说。“我要去和他聊聊。我要说晚安。同心灵相比，”罗塞特夫人说着站起身来，“大脑算得了什么？”

“我会来的。”彼得说，但他又继续坐了一会儿。这种恐惧是什么？这种狂喜是什么？他默默思忖。是什么让我的内心无比激动？

是克拉丽莎，他说。

因为她就在那里。